日本
推理大师
长篇佳作丛书

# 丑闻家族

夏堀正元◎著　施元辉◎译

海峡出版发行集团
海峡文艺出版社

**图书在版编目(CIP)数据**

丑闻家族/(日)夏堀正元著;施元辉译. —福州:海峡文艺出版社,2020.1
ISBN 978-7-5550-2150-6

Ⅰ.①丑… Ⅱ.①夏…②施… Ⅲ.①推理小说—日本—现代 Ⅳ.①I313.45

中国版本图书馆 CIP 数据核字(2019)第 299861 号

**丑闻家族**

(日)夏堀正元 著 施元辉 译

**责任编辑** 何 莉
**出版发行** 海峡文艺出版社
**经　　销** 福建新华发行(集团)有限责任公司
**社　　址** 福州市东水路 76 号 14 层 **邮编** 350001
**发 行 部** 0591—87536797
**印　　刷** 福州德安彩色印刷有限公司 **邮编** 350008
**厂　　址** 福州市金山工业区浦上标准厂房 B 区 42 幢
**开　　本** 890 毫米×1240 毫米 1/32
**字　　数** 120 千字
**印　　张** 5
**版　　次** 2020 年 1 月第 1 版
**印　　次** 2020 年 1 月第 1 次印刷
**书　　号** ISBN 978-7-5550-2150-6
**定　　价** 20.00 元

# 第一章

## 1

这里正在举行一个盛大的葬礼。来吊唁的人络绎不绝，把宽阔的青山斋场挤得满满的。祭坛周围装饰着珍贵的兰花和白菊，中间摆着一幅老人的巨大遗照。他那高高突出的颧骨、满脸的皱纹和美丽的鲜花显得有些不协调，但他像浮世绘人物那样细长的眼梢，悬胆式的鼻子，女人般红润润的嘴唇，却显示出他具有极大的权势欲和色欲。

祭坛左右两侧站着死者的亲属，他们一个个表情生硬呆板，仿佛戴着面具似的。而后排站着一群中年女性，则面带庄重神色，接送着从前面走过的吊唁队伍。她们身穿黑丧服，反而显得素净淡雅，从而增添了女性特有的魅力。

但是最后一排站着的年轻女性，却显得散漫随便。她们不断地伸长脖子，盯着一个个吊唁者，相互窃窃私语：

“瞧，那位是大友先生，他还当过外务大臣呢。”

“哎呀，日钢公司的桧垣总经理也来了！”

“哪一个？”

“带玳瑁框眼镜的那个。”

“作家石馆菊男也来了……”

“歌舞伎的松井春四郎也来了。想不到他个子并不高……”

女人们用眼睛搜寻着知名人士。以此来消除因长久站立而产生的疲劳和无聊。的确，来参加吊唁的名人不少。不仅如此，在摆设在大厅里的数不清的花圈中还有总理大臣、文部大臣、日本艺术院院长、日本商工会会头、扶轮社俱乐部会长、保守党干事长送来的呢。这一切以及站立着的众多女性，不禁会使人以为死者是一位政界或财界的巨头。

可是，这位活到 84 岁才死去的老人，不过是一个舞蹈家。他是日本舞蹈鹬泽流派的上一代家元①，名叫鹬泽贞翁。比起古典舞蹈，他对现代舞蹈倾注了极大热情，给死气沉沉的舞蹈界带来新的气息。

他舞姿优美，性格奇特。大正末期，他接触了创建筑地小剧场的小山内薰②以后，对西洋新剧表现出异乎寻常的兴趣，并和致力于翻译及创作剧本的二世市川左团次合作，创作出崭新的舞蹈，连当时敢于向传统挑战，进行革新，洋气十足的左团次也为之惊叹不已。

但是他自命不凡，蛮横霸道，有着极大权势欲，因而在墨守成规、传统势力强大的舞蹈界中树敌甚多。因此，在他的夙愿——成为艺术院会员——未得实现，文化功劳勋章未能佩带，就怏怏离开了人间。

---

① 家元：某种家传技巧的师家嫡派主人。

② 小山内薰：日本著名戏剧家。

“大先生该满意了，这么盛大的葬礼……”

站在后排的鹂译流派女弟子们望着走向祭坛烧香的人群感叹道。烧香者中有日本各种艺术流派的家元和师匠。

“可是这是珠荣太太努力筹办的结果哟。否则不会有这么多人来吊唁的。特别像他那样的为人……”

“是啊，对珠荣太太的能力应当刮目相看了。现在的家元先生是无法组织这么盛大的葬礼的，他除了跳舞，什么都不会。”

“哪里的话，在对女人方面，恐怕他那好色的父亲也望尘莫及呢！他是情场老手……”

“虽则是情场老手，却办不成这么大的葬礼，哈，哈……”

女人们悄悄地发出卑猥的笑声。

她们都是田鹂流派的名取。[①] 其中较为庄重严肃的是师范名取[②]。她们是有资格站在前面的流派的负责人了。这些大弟子中，既有新桥、赤坂、柳桥等地方的艺妓，也有政、财界人士的太太和姐姐，还有决心跳一辈子舞蹈的各市镇的师匠们。前面提到的大友前外务大臣，日钢的桧垣总经理，作家石馆菊男的女儿都是田鹂流派的新弟子。

葬礼毫无悲哀气氛。死者已年逾 80，可谓寿终正寝。因而吊唁者个个表情轻松，没有人哭泣。甚至由于会场上有众多的女性．反而使葬礼充满一种华丽气氛。

两个钟头的葬礼临近结束，吊唁人群纷纷离去。鹂泽珠荣才松了一口气，抬头望着站在旁边的丈夫贞寿——鹂泽流派二世家元，流派的最高掌权者。

贞寿举止文静，平时极少动表情，但此刻他那苍白清秀的

---

① 名取：起了艺名的女弟子。

② 师耗名取：是名取的一种高级职称。

侧脸，显示出疲惫不堪来。对于已经62岁了的他，长时间站在坚硬的水泥地板上，被从窗户钻进来的凉飒飒秋风吹着，是相当难受的事。

“你受得了吗?”

珠荣以充满爱怜的声调问道。

“没关系!”

贞寿回头微笑地望着比自己小22岁的妻子。他虽然是直视着，但那眼光似目中无人，显得十分冷漠。

“终于结束了”

珠荣以略带嘶哑的妖冶声音道。

“是啊！已经卸下了长期的重负!”

贞寿爽朗地说道。对生身父亲的去世毫无悲痛的样子。

珠荣不知所措：丈夫对面站着担任治丧委员会主任的国会议员原文部大臣仓本启辅，而珠荣自己身边站着女儿亚子、千加和母亲富重子——只有她一个人在伤心地抽泣。母亲的旁边是鹬泽派的高级弟子们。不知这些人听了丈夫的话，会做何感想。

“你怎么能说出这样的话呢?”

珠荣睁大眼睛，凝视着丈夫，责备他不该在这场合说出欠分寸的话。哎，他怎么总像个孩子似的……

但贞寿却若无其事。他正嘴露笑容地和烧完香来到他面前致哀的川名流派的家元寒暄。

“我因为参加关西的预演会，未能参加令尊的守夜仪式，深感失礼。不过，令尊能看到鹬泽流派的最盛时期，应该说没有什么可牵挂的了。”

“不过，他可是一个固执的人呀。我真担心他会返回这个世界来……”

贞寿开心地说着笑话，但眼神依然冷漠。

5天前父亲去世到现在，他的态度一直这样。在守夜、出殡、火化、辞灵等这些吵吵嚷嚷的所有仪式中，唯独他安然若素，表情冷淡，似乎从一个人的死亡所引起的异样热闹的气氛中，悄悄地体会到什么乐趣似的。所以珠荣只好站在前面主持丧礼了。她亲自给名人打电话，和新闻报刊与广播电台联络，指挥分派流派的弟子，一手承担了全部有关事宜，把今天的葬礼举办得如此盛大和成功，使鹬泽流派的实力得到一次充分的表现。

等最后匆匆忙忙赶来吊唁的花木流派家元走了之后，仪式按时在下午4时结束。此时，10月末的斜阳如同一个殷红色的圆球，浮沉在迷茫如烟的西方天空上。

珠荣突然感到完成了一件大事后的空虚，和丈夫女儿们一起坐进车内。

出了斋场，在转弯处，珠荣看到，和弟子们一起坐在紧跟后面车里的母亲。她一头白发，梳成很优雅的发式，望着窗外的美丽瓜子脸，依然是一副悲伤的样子。

“母亲太令人难堪了。”

珠荣对母亲产生强烈的反感。母亲怎么能不识时务地表现出如此悲哀呢？这不是讨自己和丈夫的厌吗？

于是珠荣脑海里不禁浮现出因患轻度中风而躺在家中的父亲那大人的脸盘和难看的像锛子似的脑袋。

（我真想离开你们这些不争气的人呀！）

珠荣内心感到一阵冲动。

（从现在起，我已经是家元夫人，对任何人都无须客气了。我不希望你们给我干出丢脸的事来！）

她挑战似地直视前方。眼睛里映射着斜阳那浑浊的光。

## 2

鹬泽贞寿的家在港区白金今里町一个环境幽静的山坡上，周围有不少政、财界要人的住宅。这里有个饭亭，是由古代一个大名[①]的别墅改成的，所以也算是东京的一处古迹。

贞寿的住宅十分壮观豪华，毫不逊色于亿万富翁的府第。这是七八年前，他父亲按照自己的爱好，使用纪州产的大扁柏木建造的。宅子的庭院特地请京都一流建筑师精心设计，配有嶙峋假山和小桥流水，草坪上还装置着石刻灯笼。在庭院的一角，有一个也是用大扁柏建造的单独的排演场。

结束葬礼回家当天晚上，珠荣给丈夫准备了洗澡水，可是，无论在里屋还是在二层的卧室，都找不到他。这时，排演场那边传来悠扬的乐曲声，她穿过走廊来到排演场。

贞寿身着蓝色便和服，在磨得很光滑的扁柏地板上，跳净琉璃“傀儡师”。他的动作轻飘洒脱。

对于丈夫的舞蹈，珠荣非常佩服，认为他堪称天下第一流的舞蹈家。他的父亲贞翁爱讲究排场，好别出心裁，赶时髦。而贞寿则不然，他崇尚古典，在跳舞方面也是这样。可以说，这是他反抗其父的一个方面吧！

此刻，珠荣深深地为丈夫的修长身材和优美舞姿所吸引。

“我流派舞蹈的秘诀，在于要把舞跳得一如行云流水。”

贞寿道。这已成为他的口头禅了。

“舞蹈的整个过程，没有一个瞬间是停止的。一个动作表面上是停止了，但实质上是平静而有力地预告着一个动作的

---

① 大名：诸侯。

开始。”

这是贞寿舞蹈的精髓。尽管如此，他不爱好动作繁多、快旋疾转，而喜欢节奏舒缓，舞步稳健的舞蹈。但是缓慢的舞蹈，舞姿如有缺陷，容易被人看出，单凭技巧无法遮掩。正因如此，对每一动作，哪怕是一个手指尖的弯动，也丝毫马虎不得。而其连续性又必须犹如溪水般地轻柔流畅。

他曾创作和指导过歌舞伎，但却拒绝教授那些一流演员学歌舞伎。他认为歌舞伎动作多且生硬，不适合他的性情。

珠荣盘腿坐在地板上，凝视着丈夫的优雅舞姿，心中不禁激起强烈的嫉妒感。她不得不承认，她的舞蹈比起丈夫还差得远呢!

终于贞寿如一阵轻风似的戛然收住脚步，停止了舞蹈。

“看来您今天心情并不坏呀!”珠荣以羡慕口气道，“您不累，而我却筋疲力尽了。”

“是吗……”

贞寿平静地、滑步似地走到妻子身旁。

“你在跳舞时显得多么年轻呀！尤其今天……”

“大概是这样吧！是的，我今天特别高兴，因为一个竞争对手从此在这世上消失了。”

贞寿微笑道。他面貌俊秀，不像他父亲。年逾六旬的他，连眼角的皱纹，也增添着他那男子的魅力。

“他连皱纹也是美的呀!”

珠荣这样想道，可是突然，对那“竞争对手”的话感到吃惊。

“竞争对手？可是……比起公公，您的舞蹈，跳得更好呀!”

“不借，我跳得比他好，即便这样，他还是我一生最大的对手!”

贞寿道。他声调平静，但表情严肃。

“你这样想象公公，岂不冤枉他?”

珠荣轻轻地责备丈夫。

“不，恰恰是父亲这样对待我。”

“要说这也可能，他是个任性的人。”

“父亲根本不爱我。岂但如此，我应该得到的他没有给我，反而让我失去了人生最好的机会。”

“……他可能嫉妒你吧?”

这时，珠荣不由得以讨好的口气回答。她内心同意丈夫的看法。

“父亲是个嫉妒心强而又十分自私的人。他长期高踞家元的宝座，直至4年前，他80岁时，才不得不传给我……他若为我着想，我大概早被推选为艺术院会员了……他是为阻止我取得这个荣誉称号，才久久地坐在家元宝座，不肯下来的。只要他是家元，谁都会对他客气，而不敢推选我。”

珠荣听了丈夫这一番话，不禁大吃一惊。想不到一心跳舞的贞寿竟有如此强烈的名誉欲，而且这种欲望是深深埋藏在心里，就像深深刻在他那62岁的年轮上一样，丝毫没有流露出来过。

“他是一个多么可怕的人呀……”

珠荣心中想道。她自18岁嫁给贞寿，到现在有22年了，今天才发现他人生中长期隐藏着的另一面。

从庭院里传来秋虫的叫声。可能是心理作用，珠荣觉得这叫声一年比一年减弱了。她一边倾听虫鸣，一边想着面目清秀，皮肤洁白的丈夫身上竟流淌着一种与其年龄不相符的血。

“你还这么年轻、漂亮，富有挑逗性呀……”

突然贞寿带着戏谑的口气道。他端坐在平时观看弟子跳舞的紫色丝绸座垫上，望着珠荣。其目光与其说对着妻子，倒不如说望着一个女人。

“哎呀……您怎么突然这样说我，难道我还有什么野心吗？”

珠荣故意皱着眉头，以一种略带嘶哑的甜美声音娇嗔道。

“人无论多大年纪，都应该有野心，特别是女人。女人在跳舞时，如果不表现出一种带有野心的挑逗性，那么，她的舞蹈就黯然失色了！”贞寿干笑道。

“但是我不喜欢这种带野心的挑逗性舞蹈。”

“我不是说非这样跳不可，我是认为在跳舞时，将这种挑逗性加以限制，使之变成魅力。所以在舞蹈时，充分地把自己的野心表现出来，是很重要的。”

贞寿以充满自信的语调道。他好像在炫耀他那富有野心但却能使之不显露出来的生活方式。

“可是，你叫我有什么事？”

贞寿问道。

“噢，洗澡的热水已给您准备好了。”

珠荣催促丈夫似的站了起来。

“是吗……我们有好长时间没有一起进澡堂了。”

贞寿薄薄的嘴唇泛起好色的微笑。

“可是……再也不能发生前不久那样的事呀！”

珠荣摇头担心地说道。

贞寿喜欢在宽阔的扁柏浴室里，欣赏珠荣苗条柔软的身体。她溜肩细腰，稍稍小一点的乳房丰满挺立。由于跳舞的原因，下腹没有凸起来。尤其令男人销魂的是她那婀娜的纤腰。

要说有美中不足之处，那就是她臀部肉稍有点松弛，两腿过于纤细。但比起最近的裸体照片中所常见的那种细长干瘦，多为水蛇腰的女模特来，漂亮得多了。

总之，她具有一种女人特有的艳丽之美。这种美是近来即便是年轻娼妓所没有的。

她显得如此年轻美貌，以至令人难以相信她已是一个年逾40且有两个女儿的母亲了。

在将近一个月前的一天，她和丈夫一起进浴室。在飘荡木香的水池里，抱着她，舐着她全身的贞寿，突然在“哇”的呻吟声中倒了下去。

珠荣叫来弟子，把丈夫用毛巾裹着抬到客厅，等医生来。

贞寿额头淌着冷汁，脸色苍白，大口地喘着气。他嘴唇颤动着。

“您要说什么?”

珠荣把耳朵贴到丈夫的嘴边问。

“理惠……理惠……”

他一只手在空中抓挠着，嘴里念叨着这两个字，珠荣不由吃了一惊。

理惠是两个月前住在家里学习的一个女弟子。她是一个皮肤浅黑色的漂亮姑娘，她父亲是柳桥一个叫宫野的著名饭馆的老板。理惠的舞蹈跳得并不出色，但侍候家元却细致入微。

“他什么时候和理惠搞上了。”

珠荣心中想道。经常外出的珠荣虽然叫一个名叫波崎叶子的女弟子住在家中监视女弟子们。可是不知贞寿暗中和理惠发生了关系。

但是珠荣未动声色。对丈夫在这方面的问题如果一一计较追究，那会没完没了地耗费自己的精力。

贞寿从年轻时开始就是一个色鬼。在这方面，连在情场上惯于此道的父亲，对他也得甘拜下风。就在和珠荣刚结婚的日子，他晚上和女人在外面住宿，回家时却公然不讳。珠荣在忍无可忍下追问他时，他竟坦然自若地道：

“女人们缠住我，我一点办法也没有……”

勤于操持家务，并尽心侍候丈夫的珠荣，听罢丈夫的话，不禁哑然地望着他。有时她也指责他：

“您不觉得对不起我吗？”

可是像风吹过柳树似地，他不以为然地道：

“现在您大概也知道了，干我们这一行的男人，没有不惹花宿柳。否则，是跳不好舞的。但是你不必担心，和我有关系的女人，决不会给我制造麻烦的。”

他说着，像女人似的优雅地一笑。贞寿与之发生关系的，不仅是服务行业的女招待。此外既有有闲阶层的贵夫人．也有街道舞蹈女教师，住在家中的女弟子以及别人的小老婆。总之，这些女人身份不同，年龄各异，但无一不是鹬泽流派的女人。对别的流派的女人，他绝不染指。

珠荣的母亲莳子是鹬泽流派的师范名取。珠荣 12 岁时，母亲教她习舞。为此，她也听到有关舞蹈界封闭社会中男女关系的种种传闻。但是。只有在和家元的儿子、继承人结婚，亲身知道内情后，她才真正感到惊讶：这个社会的男女关系，比她所听的传闻要乱得多。

在这个社会中，女人们争先恐后地把肉体献给家元或他的继承人。一旦和她们发生了关系，就能取得稳定的师范名取或名取的地位。而且，如能生下家元的子女，那么，她在流派中的地位，一辈子将得到稳固安定。这和江户时代的大奥①毫无两样。

珠荣在年轻时代，对家元家族这种混乱的两性关系很反感。

---

① 大奥：江户时代，江户城中将军大臣的妻妾的住所。

当时她认为丈夫的肉体是不洁的，为此，每当丈夫和她同房时，她浑身感到一阵恶寒。而如今随着岁月的流逝，她已习以为常了。现在，当她知道丈夫又和理惠发生两性关系时，只不过想对他说：“你这么大年纪，精力还这么充沛呀!”罢了。可是，当丈夫神志不清，不叫妻子而叫别的女人名字时，她受到重大的刺激。

幸亏，当附近的医生赶到时，贞寿已恢复神智，清醒过来了。珠荣心想，倘若丈夫就此不醒。她将一辈子不饶理惠的。

但是当时的场面令她十分难堪。医生给贞寿例行检查身体后，微笑一下道：

“病人不知因为什么事而过于兴奋了吧。以后可千万不能做激烈刺激心脏的事呀。”

医生望了望这对年龄相差甚大犹如父女般的夫妇，好像明白了一切似地眨了眨细细的眼睛。

的确，这种像年轻夫妇一样，在浴室游戏的事，对贞寿这样年纪的老人是不相宜的，那只能伤害身体。珠荣是希望丈夫长寿的。虽然人们都说她舞跳得婀娜多姿，但还远不能承担领导在日本舞蹈界中首屈一指的这一流派的重任。

“为了不断发展流派的势力，要把两个女儿嫁到名门，还希望他活得更长呀!”

珠荣这样想道。她拒绝和丈夫一起入浴的要求。

## 3

继丈夫之后洗完澡的珠荣，穿着素净的浴衣，上到二层的寝室。此时，贞寿已躺到床上，在枕边的台灯下，阅读杂志“演剧界”。

钻进松软的被子，伸开四肢，珠荣感到几天来的疲劳一齐涌上来，昏昏欲睡。这时，她听到贞寿把杂志合起来道：

“睡过来吧，我有好长时间没有和你在一起了。”

她虽然想睡，但丈夫的确有好几天没有和自己同房。她无法拒绝他。珠荣躺进丈夫的被子里，稍稍闻到老人身体温湿的气味和肥皂相混的气味。

“我知道你累了，可是今天晚上我很想和你在一起……”

“可是，您的身体不要紧吧？要是发生前不久的事，就不好了……”

“你不必担心。那天是因为……”

贞寿欲言又止。因为晕倒的那天前一晚，他在市中心饭店和女弟子宫野理惠睡了一晚的缘故。那天晚上，24 岁的理惠，兴奋得甚至滚到床下，把贞寿弄得筋疲力尽。

贞寿抱住妻子，把手伸进她的浴衣内……

贞寿总是裹着睡衣，他不愿意自己丑陋的老人肉体暴露在比自己年轻 20 岁的妻子面前。在他看来，和他共同生活 20 多年的珠荣的眼光，仿佛不是妻子，而是其他的年轻女人。

珠荣全身流出汗珠，又感到了疲劳。但此时的疲劳感和一种快感融合在一起了。

“他好像故意选择我累的时候呀。”

珠荣甚至这样想道。

“怎么样？……今天晚上满意了吧？”

贞寿喘着气，侧着脸问。

“是啊，您的精力还这么充沛，真令我吃惊！”

“倒不如说，从现在开始，竞争对手死了！”

贞寿说着，哈哈笑起来。

“您还这样说。”珠荣整了整浴衣，轻轻地责备贞寿，“您老说公公的坏话，您不怕他会出现吗?”

“有可能……但我不怕。我是真正的男子汉，而他已经不是了。他耻于在我面前出现。”

贞寿说着，转过头直视着珠荣。

“……”

珠荣突然不知如何回答好，她屏着气息望着丈夫。

“或者…他出现后又命令你去陪夜!”

贞寿的语气变得郑重平和。

“您!”

珠荣大声叫道。比起惊愕，她更感到恐怖。

“这件事我早知道了。我不在家时，他命令你陪寝。”

贞寿眯着眼睛笑道。

“那已经是10年前的事……再说当时公公已经没有男性机能了。”

珠荣脑海里闪过已逝去的可怕的事，用发颤的声音道。

“但是父亲可以用抚摸和亲吻来表示他的爱，而你却接受了。”

“请您闭嘴!”

珠荣用两手掩住耳朵。10年前，那恐怖的一幕又清楚地浮现在脑海里。她感到一种难忍的羞耻。爬满皱纹的大脸，在骨瘦如柴的躯体上不断摇晃的脑袋，只能在古画中才能见到的乌天狗式的鼻子，干瘪瘪的双手……贴满白色茸毛的耳孔，似乎一根根能马上揪下来的肋骨，如同被拔净毛的鸟腿似的大腿……

“我这不是责难你，也不想责难你。那是父亲之所为，你是不得已的。不过，对他为人之父，干出这样的事，我是不宽恕的!”

贞寿道，语气十分平静。

“可是……可是你是怎么知道的？又为什么现在才突然端出来？”

珠荣急促地问道。

“是他告诉我的。他说：‘你的媳妇是个蛮不错的女人……’当然，他之所以故意这样刺激我，是出于对我的舞蹈和有作为一个真正男人的快乐所抱的嫉妒和厌恶之心。”

珠荣咬着牙，低下了头。她没想到公公命儿媳陪夜的事会公然亲口告诉儿子。

当时，他多次用“把家元让给贞寿”作为诱饵，引诱珠荣的。

但这是卑鄙的谎言。他多次地抚弄了珠荣的肉体后，却毫不表示要把家元让给贞寿。为此珠荣也曾责问公公，但贞翁装聋作哑，嘻嘻一笑了之。

“……你之所以出卖贞操，难道真是出于为了我能得到家元地位之目的吗？我认为你是为了满足自己的性欲而陷入不伦之境的。”

珠荣为丈夫的无耻惊讶得说不出话来。难道她为了满足性欲，竟去选择一个已经失去男性机能的老人吗？她的的确确地相信贞翁能引退，让丈夫当上掌握实力，拥有庞大财源的家元，才忍受屈辱和羞耻，让年迈的公公抚弄自己肉体的。

“当时，公公是以把家元马上传给你作为条件的……”

现在珠荣不得不怀着惴惴不安的心情，将10年来隐藏在心中以为谁也不知道的事实，用既像辩解又似说明的口气告诉丈夫。

“也许是这样的。父亲是一个为了满足自己的欲望，撒多大的谎也不脸红的人。”

贞寿又以平和的语调道。

“可是，您为什么到现在才突然说出来呢?”

珠荣对丈夫过去这种冷酷的沉默，十分反感。

“父亲只要活着，我说什么都没有作用的，反而会引起一场风波……实际上，他是一个从不听从别人劝说，想干什么就干什么的无比固执的人……再说，当时我也不想使你感到难堪和痛苦。”

“那么，您就这样沉默到现在了?”

“对。但是在父亲已死去的现在，这已经不是父亲和你，父亲和我的问题了。所以我想在把这一切告诉你之后，调整我和你以后的生活……这也是父亲留下的另一桩遗产。”

“可怕的遗产呀!”

“是的，要说可怕，的确可怕。但是我不想因为这件事而使你痛苦。我毫无报复之心，更没有以此作为和别的女人交往的理由。我仅仅希望我们冷静地面对这冷酷的事实，而平静地生活下去。”

(冷酷的事实……)

他一个年老的人，能够冷静面对这冷酷的事实吗?珠荣瞬间这样想道。

“他这样的人，或许能够做到的……可是我可能做不到，我不如他。”

这时候，贞寿忽然像恶作剧似地笑道：

“对于和父亲的事，你再不必为之介意了。除了我以外，你如果还想接触别的男人的话，和过去一样去接触，尽可不必顾忌。像你这样的舞蹈家，如果不接触别的男人，那么，就跳不出具有动人魅力的舞来。”

贞寿收起了笑容，眼睛直望着妻子。是一种能够面对冷酷事实的平静的目光。随即他又以温和的口气接着道：

“……我毕竟上了年纪，未必都能像今晚这样使你满意……”

他脸上又泛起笑容，仿佛劝说妻子结交别的男人是一种快乐的事似的。

但珠荣无法冷静地听进丈夫这样奇怪的劝说。

“他为什么非但不憎恨我责难训斥我，反而劝我再和别的男人接触呢？”

她和贞寿结婚已经22年了。她很知道他是一个极其讨厌露骨地发泄感情的人。

“你倒不如把我狠狠骂一通，我还好受呢……”

珠荣像发牢骚似地小声道。可是贞寿却像女人似的，嘤嘤地小声笑道：

“我现在责骂你，还有什么用呢？”

说毕，突然以自言自语的口气道：

所有的一切都是遗传的……可以说是一种可怕的血统把我变成现在这样。你不这样认为吗？……”

说着，他又以他那独特的平静的目光望了望珠荣，随即轻轻地打了两声呵欠，转过身道：

“该睡了……总之，我的竞争对手已经死了，该安安稳稳地睡上一个美觉了。”

他低声地笑着，关了枕边的床灯。屋子里暗了下来。

4

当天夜里，珠荣躺在床上久久不能入睡。

“所有的一切，丈夫都知道了！

丈夫是一个把轻易流露感情当作耻辱的人。他表面看来不动声色，而实际上对周围的所有事情看得一清二楚。这使珠荣感到恐怖。

此刻，丈夫轻轻发着鼾声。但躺在他旁边的珠荣，情绪烦躁，辗转难眠。

“……是一种可怕的血统……”

贞寿刚才的话语又涌现在她的脑海里，仿佛那污浊的血变成可怕的漩涡在眼前转动。

“哎呀，真是可怕的血统!”

珠荣内心在叫唤。

“这可怕的血统把我变疯了……把我母女变疯了……我们都是不正常的人呀！……”

珠荣内心感到一阵剧痛。她的身上流着父母可怕的血——这是她对任何人难以启齿的秘密，是一种充满耻辱的秘密。

实际上，已故的贞翁，是她母亲富重莳子昔日的情夫。当时她母亲已经和她父亲富重康信结婚，并且有了珠荣和她妹妹两个女儿。

昭和10年，当时莳子29岁，是鹂泽流派女弟子中千里挑一的美貌女子。据说年轻时很像日本历史上的大美人九条武子：皮肤白皙、长脸庞、风度极为高雅。连后来父亲康信和丈夫贞寿都说珠荣远不及她母亲年轻时漂亮。

“虽说舞跳得并不十分出色，但美貌足可弥补其舞蹈的不足。”

珠荣结婚后不久，丈夫对她这样道。这使珠荣对母亲不禁产生了强烈的嫉妒。

当时富重康信经营一个小金属公司。当他知道了妻子的不贞以后，不仅不叱斥她，反而想以此和贞翁做一笔交易：

“您家元先生是一位很有艳福的人，我不会指责您，说您为什么要搞别人老婆这样的傻话。但是，我也不能白白地遭受损失。怎么样？作为交换条件，请您让我管理鹬泽流派的会计……事实上，我擅长财务，我会改变鹬泽派现在种种浪费作法，用现代手段管理鹬泽流派的财务。”

实际他想掌握鹬泽派的财政大权。从而成为鹫泽流派后台实力人物。

但是贞翁付之一笑。

“你大可不必为我们的财务操心。我们现在财务状况良捍。和我有关系的有夫的女弟子，多不胜举。如果我都让她们的丈夫来管理鹬泽流派的财务，那么鹬泽流派的财务就会被搞得乱七八糟。所以，我只好拒绝您的这一番厚意了！”贞翁笑嘻嘻地又补充道：“您如果对我这番回答不满意，您可以随便到哪里去告发我。只是那样一来，您的老婆就要被开除出流派，从此就得永远离开舞蹈界。她将臭名远扬，而我则分毫无损……因为在我们舞蹈社会，像我这样好色的男人，大有人在。我们都活得蛮不错咧。”

贞翁傲然地说。

之后，贞翁在让康信与莳子的女儿珠荣陪夜时，故意把这件事告诉她。这个已经失去男性机能的老人，用其特有的脸皮松弛的表情，津津有味地谈论着，这使珠荣惊讶不已。

“那时候，你的父亲看到我强硬的态度，吓得不敢再说下去了……”

贞翁说罢，那满是皱纹的脸嘻嘻地笑着，把手伸到珠荣的下腹部。

可是，自从那次富重康信和他谈话以后，贞翁和莳子断绝了关系。他可能的确担心造成麻烦，或者是已经玩腻了莳子.

令人奇怪的却是此后富重夫妇的态度：莳子又和贞翁之子33岁的贞寿发生了关系。之后，康信就成了贞寿的心腹，爬上了贞寿派实力者地位。

这件事是珠荣在结婚之后，从那些业已离开鹬泽派的弟子们嘴里听到的。她皱着眉头，以厌恶心情听着她们说。

“富重先生知道自己抵挡不住家元贞翁，就把目标转向家元的继承人贞寿身上。他说服妻子引诱贞寿，使其上钩。然后对为人并不乖巧的贞寿，正颜厉色地进行威胁。”

在这些女弟子们眼里，富重康信确是一个不知人间羞耻的“怪物”。

他的怪还在后头呢。当他得知妻子怀上贞寿的孩子时，平静地命令妻子把孩子生出来。

昭和 15 年春，妻子生了一个男孩子后，康信立刻对贞寿道：

“毫不疑义，是你的儿子。因为长得酷像你。你独身一人，我不要求你把孩子抱回去。也不向你提出诸如我和莳子离婚，让你和她结婚这样的难题。你放心好了。我把孩子加入我的户藉，由我抚养并为之保守秘密。尽管如此，我还不强求你交付养育费。我只要求你能成为敝公司的大股东。当然眼下你不必拿出很多钱来，只在力所能及的范围内支持敝公司。另外，在不久将来，你继承了家元以后，让我负责鹬泽流派的财务就可以了。”

任凭康信娓娓而谈，贞寿却声色不动，默默无语，以至康信都有些焦急了。

“好的，我尊重你的意见。”

最后，贞寿傲慢却又像女人似的，好看的嘴唇浮现出轻轻微笑道。

之后，康信如约将妻子生下的男孩子取名为透，作为二儿子入到自己的户籍里。不但如此，康信还把贞寿和别的女人生的另外两个孩子，也加入自己的户籍里。

对此，贞寿当然感恩戴德。他有时将平时节余的钱交给康信。他虽则在舞艺上胜过其父，但因还不是家元，收入有限，因而交给康信的，也只能勉勉强强够做入藉三个孩子的养育费。尽管给的钱不多，康信也不催促贞寿。

“在贞寿当上家元之前，还是忍耐为好。”

康信这样安慰自己道。而且当被朋友突然问起他一年内怎么一下子增加几个孩子时，因为适逢战时，他回答道：

“我是‘多生多养’国策的拥护者嘛。”以此一笑了之。

就这样，富重康信像走狗似地紧紧追随家元接班人贞寿。另一方面。他又利用在舞蹈界已崭露头角的贞寿名义，暗中在鹬泽流派中拉帮结党，成立“贞寿派”，以此对抗家元贞翁。

艺术家贞寿除了舞蹈和女人以外，对别的事情毫不关心，因而没有留心康信的暗中活动，以致以后即使意识到鹬泽流派中已不知不觉形成“贞寿派”时，也没有想到这是一股反贞翁派的力量。

但是，康信按捺不住野心，劝起贞寿来：

“您和家元在舞蹈方面的气质迥然不同，倒不如干脆从他那里独立出来为好……当然，不能和他闹翻。只是他当他的家元。您以‘宗家”的名义独立出来。别的流派也有这样的例子。”

“可是这岂不削弱了鹬泽派的力量？况且我还年轻，与其把精力放在搞派系斗争，莫若把舞跳好。”

贞寿毅然拒绝他道。

贞寿权衡利弊。他认为现在和父亲为敌，时机尚早。父亲实力雄厚，要对付他，非得停止舞蹈，全力以赴加强派系力量，否则会一下子被粉碎的。

事实上，深谋远虑、生性多疑的贞翁，为了掌握儿子的动静，早在他身边安插了心腹弟子。当其中一个弟子将富重康信的企图向贞翁汇报后，贞翁立刻把贞寿叫来，责令他："你马上把富重赶走，那样的人在你身边，我是不会放心让你继承家元的……再说，他的妻子可能和你还有瓜葛吧，那可是一个尤物呀!"

贞翁甚至以不让继承家元相威胁了，贞寿当然不敢违抗了。因为他相信再过10年，自己四十五六岁的时候，父亲会默默地把家元宝座让给他。

另一方面，贞寿也不能轻易地把对自己"忠心耿耿"的富重赶走的，——富重他甚至把自己妻子以及别的女人和贞寿发生关系生下的孩子收养在家。于是贞寿把富重叫来，悄悄地把父亲的话转告给他，叫他自重，别干出惹人注目的事。

"我之所以落到这地步，是因为您没有斗志的缘故。好的，我遵嘱再不轻举妄动了。"

精于算计的康信果然偃旗息鼓了，但这不意味他完全死了心。当时，因太平洋战争爆发，人们无心盖房，而康信却强制性地让贞寿拿出钱在本乡西片町自己住宅内建造一个大型练舞场，并取"贞寿"名中的一个字把妻子的名字改为"寿峰"。

但是，战争日益激化，直至后来美国空袭东京，人们开始疲息，厌战并自甘堕落。也从那时开始，改名为寿峰的莳子，明显地人老珠黄，贞寿对她不屑一顾，把她抛置于"冷宫"了。当时是日本即将失败的昭和19年秋。

康信不得不考虑在自己和家元继承人之间更换更加结实的"纽带"。于是他让当时正值18岁妙龄的珠荣取代了她的母亲。珠荣在6岁就跟着母亲拜贞翁为师学习舞蹈。15岁时就成了名取，这贞寿是知道的。当然把这个珠荣作为贞寿众多嫔妃的一员供他玩弄，是简单的，但对康信来说，这样就失去了意义。

无论如何，要促使贞寿和珠荣结婚。他苦苦思考，绞尽脑汁，竟想不出好的办法。结果还是个得不单刀直入向贞寿提出。想不到事情结局比他想象简单得多。

“是啊！我正考虑该结婚了。珠荣聪明，舞也跳得不错。只是好胜，不甘示弱。可是作为家元夫人，这是难得的优点。再说，我也正想接触一个处女呢。只是美中不足的是她是你的女儿……”贞寿说罢，轻轻地笑了。他只字不提他和珠荣年纪之差宛若父女，也不提莳子和透等三个孩子的事。

就这样，珠荣和母亲老情夫的儿子、新情夫、户籍上的几个弟弟的真实父亲——贞寿结了婚，和自己家族有这般丑陋关系。

但是，这种婚姻还是令不少人垂涎和嫉妒的。

贞翁在高级弟子、普通弟子中的情妇，乃至贞寿的情妇们，猛烈地反对这门亲事。

“这样一来，富重康信一派岂小事买上篡夺了鹂泽流派了……这真是令人难以忍受的丑闻。她们母女大概设下巧妙圈套骗了家元父子了。她们的阴谋得逞，鹂泽流的前途将不堪设想了。”她们背后这样议论道。其中还有人这样说：

“在大先生[①]活着的时候，我们如果还能容忍的话，那么在贞寿先生继承家元后，一定要拉出一派，组织另外的鹂泽流的！谁能甘心情愿奉珠荣这个臭娘儿为家元夫人呀！”

但是令人不可思议的是贞翁的态度。他是那样地讨厌富重康信，以至严令贞寿把康信赶走，可是竟然不反对贞寿和珠荣的婚事。他把贞寿拉到跟前，薄薄的油光滑溜红嘴唇泛着轻轻微笑道：

---

① 大先生：指贞翁。

“富重是一个很滑头的家伙，你们的婚姻可谓是他阴谋的终点了。想不到他又是个蠢家伙。想从鹬泽流捞到好处，却赔了夫人，真是‘偷鸡不成，反蚀一把米’呀。”

贞翁嘻嘻地笑着，随即以冷酷声调道：

“在我们这样有权势的舞蹈流派周围，像富重这样犹如窥视香饵的老鼠似的人，多得可用笤帚去扫。对于他们只须预备一些残羹剩饭，决不可委以重任。你如果抱这种态度，这门婚事并不坏。因为你可以通过珠荣，更清楚地洞察富重的企图与诡计。也就是说，原来作为富重武器的珠荣，现在变成了我们的武器。女人一旦一次属于自己，那她就变得老实了。尤其娶她为妻，她就会服服帖帖。万一她不听话，你可以用离婚相威胁……何况，嫁给家元的继承人后，她再不能离开这个有权势的宝座了，一切会照我们所说的去做。因这实际上，女人是一种比我们想象更有权欲的动物。”

贞翁说着，眼睛泛着好色的光道：

“珠荣……原来我印象是一个小丫头，不知不觉长成漂亮的大姑娘了，真不坏。”

贞翁甚至表现出没有先下手的遗憾表情。

以上经过都是公公和丈夫在言谈中偶尔流露出来的。此刻，躺在丈夫身旁的珠荣，又一次感到自己作为曾是母亲情夫的公公与丈夫的“女人”，是多么丑陋可耻。

“哎，我身上流淌着多么肮脏的血呀！”

她在黑暗中自言自语道。

## 5

首七[①]很快过去了。

---

① 首七：人死后的第一个七天。

其间，珠荣心中的一种欲望越来越强烈。

“我将毫不顾忌地爬上鹬泽流派的权力宝座，为此要充分地利用丈夫。我还要把鹬泽建成日本一流的舞蹈流派。”珠荣心中发誓道。过去的先辈①和其他流派的人，谩骂珠荣母女采用美女计的卑鄙手段，钻进鹬泽流派中心。这使珠荣无比愤慨，从而也更加坚定她的这种欲望。

“为了达到目标，争下这口气，除了丈夫，我还要借助其他一切力量。”

她眼里闪烁着一种执拗的强烈的光，自言自语地说。

这天是“首七”过后不久的 11 月初旬的一个午后，珠荣走进耸立在赤阪的东方饭店。

精心打扮，穿着结城捻线绸和服的她，走进客厅，就把人们的视线一下子吸引过来。

其实珠荣具有的不是一种素雅的美，而是像她那下颏稍尖的脸给人的感觉一样，是一种略带野性的美。

猫一样柔软的肢体，细长的媚眼，浅黑滑腻的皮肤……一切充满着挑逗的美。这是一种不是吸引而是刺激男人的美。

珠荣很知道自己美的特点，尽量穿着朴素的和服，以适当控制身上散发出的刺激性，从而酿成一种微妙的魅力。她拿手的是“雪女郎”“浅间”“保名”等妖艳多姿的舞蹈。在跳“保名”“累”这样狂舞时，却放慢节奏，从而增加舞蹈所表现的悲切。所有这些也都是为了增加自己的魅力。

“我的表演就是要使观众感到我是最美的。”

这是珠荣的信念。

此刻，她把一流饭店的大厅，也作为“表演”的绝好场所。

---

① 先辈：高年级的同学。

她挺胸直腰，以优雅的姿势穿过客厅向电梯方向走去。

在走路时，她的腰从来不动，只是水平地向前面移去，是膝盖有节奏地带动脚步。这样走路，好像整个身体向前滑动，看来缓慢，实则很快。

由她的服饰走路姿态相互衬托显示出的这种美，很惹周围人们的注目。

“那不是经常在电视节目见到的鹬泽珠荣吗?”

从旁走过的一对年轻男女轻轻地道。

事实上，珠荣不单是一个舞蹈家，早在10年前，她就开始活跃在电影和电视界，经常扮演召妓酒馆、酒吧间，料理店的老板娘和徐娘半老的艺妓等角色。她从年轻时就很适宜这些角色。

“鹬泽珠荣有一种黑猫似的魅力。”

人们这样评价身材苗条，皮肤浅黑．两个黑眼珠炯炯有神的珠荣。而珠荣本人也很喜欢黑猫。她喂养了一只14岁的老黑雌猫，此外还养了4只小黑猫。

黑雌猫原是跑到鹬泽家的野猫，珠荣十分宠爱。她给这只面目狰狞鼻子旁有个大伤疤的黑家伙起个滑稽的绰号：“双眼皮白井权八”。

老黑猫脾气暴躁，倚老卖老，俨然以鹬泽家猫之王自居，欺侮其他同类。且游荡成性，常外出两三个月不归。为此，鹬泽家家属和弟子们十分讨厌它，说它有可能惹出祸来，还是将它抛掉为好，但珠荣硬是不依。

“黑猫是我的象征呀!”

珠荣道。这是恰如其分的。因为她有像老母猫那样旺盛的生命活力，强烈的性欲和权力欲……

电梯到了12层。服务员点点头后，珠荣走出电梯，踏着走廊厚厚的地毯，在1205房间前停住，敲了敲门。

“请进!”

室内传出年轻男人的声音。

珠荣嘴唇挂着微笑，开门走进房间。

室内相当宽敞，窗户下面是一套沙发，沙发旁边是双人床，床上铺着洁白的床单。

坐在椅子上的年轻男人，见到珠荣，眼睛立刻闪着亮光，从椅子上站起来，大步走到珠荣跟前，张开双臂，紧紧拥抱亲吻着她。

“你让我等得好苦……从那次到现在已经10天了。”

年轻人闷声闷气道。他二十七八岁，身材瘦高，面貌端正白净，堪称美男子，只是给人一种傲慢中却带有脆弱的印象，尤其与其外表不甚相称的女人似的樱桃小口，表现出阔少爷所特有的任性和娇气。

他身穿灰色英国毛料西服，右手无名指上带着嵌着蓝宝石的白金戒指，一眼就可看出，他是有钱人家的子弟。

“……可是，不管什么总得忍过首七呀!”

珠荣松开男人拥抱的手，轻轻地说道。

“是啊……不过那老头儿死了后，你会变得更自由了。”

男人眯着眼睛笑道。

“也不尽然。鹬泽流是靠老头儿的影响支撑着。如今他死了，重担就会落在我的肩膀上了。这可不是简单的事呀!”

珠荣道。她的语气变得紧张。

“可是，这是你丈夫的事嘛。”

“我的丈夫只知道跳舞，对别的事全然不感兴趣，也不管。”

“那也就是说，他是个图轻松的人了。把麻烦的事全推到你的身上。”

“不过这样一来。我也可以干自己的事了，能自由地见到你了……”

珠荣妩媚地望着男人，很快地把和服带子解下来，放在床上……

男人叫桧垣保辅，是一个单身青年。父亲是参加贞翁葬礼的，被财界称之为暴发户的传奇性人物，日本钢业公司社长桧垣保三郎。除制钢业外，他在造船、贸易、机动、住宅等方面也取得很大成功，他是日钢垄断企业的总帅。

保辅是保三郎的二儿子，现为旁系一家贸易公司的营业部贩卖课长，将来无疑是日钢总公司的重要领导人。

保辅的妹妹桂子是贞寿的弟子。在去年的大表演会上，保辅通过桂子认识了珠荣，并答应购买大量的入场券。不过，他向她提出了购买入场券的附加条件。

“我一直是你的崇拜者，但不是你在舞蹈方面，而是电视连续剧方面的崇拜者。如果你能够和我保持个人接触，我将购买100万元的入场券。”

像鹬泽流这样名艺术流派，如果由家元举行大表演会，就得借用一流剧场两天，需要大量出售入场券。每张入场券的价格高达1500元，100万元可购买700张。珠荣当场答应了他的条件。

“这是小事一件。不过你为什么选择我这样一个老婆子呢?太不合算了吧!”

珠荣用强烈的目光斜瞥着保辅，顽皮地笑着说。

就这样他们开始接触了。第二次在赤坂夜总会跳舞时，保辅抱着她，踏着轻快步子，突然在她耳边小声道：

“我们能够把关系提高到更深程度吗?”

“你以为我能简单地上了你诱惑的圈套吗?”

珠荣轻轻地抗议道。

“不，我不是这个意思……只是，我好像忘记了你的年龄和身份，被你身上散发出的魔力深深吸引住了。”

保辅停住步子，紧张而热切地道。

“魔力?”

她那细长眼睛映着回转灯望着他反问道。

保辅十分兴奋，滔滔而谈。他请珠荣返回位子上。珠荣暧昧微笑着，更使他心如火燎。

“您具有一种年轻女人所未有的魅力，您的肉体要比年轻女人更柔软更富有弹性。”

“你真会说话，是拿我这个老太婆开心吧?”

珠荣故意冷冷地说道。

“我是很认真的。像您这样年纪的女人，更能吸引我。”

“你这不过是一种类似孩子式的恋母情绪，这正说明你还年轻。”

“不是这样。我母亲和独断专行的父亲不一样。她很理解孩子，从不把自己的愿望强加给孩子，她不会让孩子产生恋母情这样想法……不过我可能是对年轻女人已经腻味的缘故吧!”

“是说你女人玩得太多了吧? 你虽是个乏味的纨绔子弟，但因你是日钢公司总经理的公子哥，所以女孩子才缠住你不放的。”

珠荣故意挖苦他道。

“这一点您说对了。年轻的女人露骨地表现出她们的企图，与其说她们看上了我，莫若说她们是看上了我父亲的财产。在我看来，她们不过是一群化了装的鼠类。”

保辅吐了一口冷气道。

“你说得太过分了吧? 也有纯情的女孩子吧!”

珠荣皱着眉头道。

“可是很遗憾，凡是单纯的女孩子，都显得呆头呆脑而无聊得很。稍令我感兴趣的女孩子，无不品质恶劣。为什么女人总是这样呢？是不是造物者讨厌女人？”

“喂喂，你的言辞过激了。你是不是也要说我也是造物者所讨厌的女人呢？”

“不，和她们完全不一样。您是一个聪明和极富有魅力的女人，我被您深深吸引住了。”

保辅眼睛里闪着亮光道。

“年纪不大，看来却精于逗弄女人。阔少爷！”

珠荣停住笑声，凝视着男人。保辅那英俊白皙的脸上也浮现着一种小孩子向母亲姐姐撒娇似的表情，望着珠荣。

当天晚上，两人在附近的东方饭店同枕共寝。这家饭店原来是外国人经营的，因管理不善．连年亏损，后来保辅之父保三郎出资给予支持。由此，保辅能在饭店内开出一个特别专用房间，经常使用。

珠荣虽然外貌不过 30 岁左右，但肉体已经悄悄开始衰老，皮肤已稍失光艳。

“保辅，我可是一个贪婪的女人。我还想和你把这种关系保持下去。”

当他们肉体暂时离开时，珠荣认真地说。

“当然，我也要更深一步开拓您这如猫似的躯体……”

保辅急忙回答。旋即，紧紧搂住了珠荣。

从那以后，两人一直保持着这种关系。

此刻，珠荣半解和服，躺在床上。

事毕，珠荣眯着一个眼睛笑着，以认真的语气道：

“我们的关系已经有一年了……看来总不能这样下去，你也该认真考虑结婚的事了。”

“什么？你要我和贪婪而又无聊的女子结婚吗？对我来说，结婚还早呢！”

保辅慌忙地道。

“但是，你终归要结婚的……再说，令尊倘若知道我们的事，你将怎么向他交代？”

珠荣稍稍瞥着对方，其表情让对方看不透她在想什么。

“喂！你是不是为了甩开我？想把我们的事告诉我父亲吗？”

“你想到哪里去了？我怎能干这样的傻事呢！我的身份还不足以敢和日钢财团的头子去较量呢！”

珠荣感到好奇似的答道。

“总之，请你不要再提有关我结婚的事了。”

保辅想弄清珠荣在想什么似的眨着眼睛，以哀求的口气道。

珠荣望着对方可怜的表情．心里想道：

“可是，我要你按我的意思结婚的。我虽然喜欢你的躯体，但不能和你长久这样下去。我不是属于你一个人的。鹂泽流派 7 万多弟子还需要我呢！等着瞧，我要你为我作出大的牺牲！”

# 第二章

## 1

鹂泽亚子不喜欢母亲。

人们在议论母亲在舞蹈界的行为，甚至在亚子身边散布有关她的丑闻。但母亲满不在乎，依然我行我素。才 20 岁的亚子，对这样的母亲是十分反感的。

亚子是一个漂亮的姑娘。她像父亲一样皮肤白皙。双眼皮，眼珠乌黑；而苗条纤细的身材却如同母亲一模一样。她甚至这样想，如此酷似的躯体，是否也从母亲那里继承了淫荡的素质呢？

珠荣专心舞蹈，亚子和妹妹千加，生下来就交给乳娘和女佣人抚养，珠荣甚至很少抱过她们，以至两姐妹从小宛如没有母亲一般。

珠荣平时跟随丈夫和公公参加全国各地鹂泽流派的练舞会，或大阪、京都、名古屋等大城市其他流派的舞蹈表演会，后来，她又参加拍电影和电视，常被邀请到一流餐厅赴宴，并常常和年轻演员等艺术界人士去银座或赤阪的酒吧间或俱乐部去饮酒，交际变得更广，以至亚子姐妹除了有时在家里的练舞场上外，一般难得见上母亲一面。

可是珠荣却常常告诫女儿们：

“像你们这样年纪的姑娘，将会遇到各种各样求爱的男子，务必小心谨慎呀。男人往往是口是心非的东西。”她还唠叨，“尤其要警惕的是，追求你们的大部分男人是朝鹂泽流派家元这棵摇钱树来的……也就是想取得数目可观的嫁妆。甚至渴望当鹂泽家元的入赘女婿，将来好接班当上家元呢。”

此时的珠荣，脑海里闪过父亲富重康信当初为谋取鹂泽家元财产而要弄种种阴谋的勾当。

为此，她不允许亚子姐妹自由行动，派波崎叶子等得意女弟子跟随在她们左右。

（这样我们不就成笼中鸟了吗？不要说谈恋爱，就连平常的约会也不能了。）

亚子姐妹正是谈情说爱的年纪，却过着宛如软禁的生活，因而其对母亲的不满是可想而知的。为表示反抗，亚子开始不认真练习舞蹈了。她甚至想放弃作为家元千金的权利。

“我不当家元了。即使让我未来的丈夫继承家元地位，我也不当家元夫人。我只要求母亲现在给我一点自由！”亚子哀求道。“这可不行。作为家元的女儿，你必须要有为鹂泽流派作出牺牲的思想准备。”

“可是，还有千加呢，你们就让千加或她未来的丈夫当家元吧！像我这样不肖女儿是不配当家元的。”

“不错，千加或她丈夫也有资格成为家元。可是决定权在你们的父亲。他选择的标准是谁的舞蹈跳得好。”

“那就好了……这样，我就可以不必练舞了。”

“这可不行！”

“我不喜欢舞蹈。你让我跳我也跳不好。你们还是好好培养千加妹妹吧！”

亚子赌气道。

“你说你不喜欢舞蹈是假的……我比谁都知道你比千加更爱跳舞。所以我很想让你们通过竞争提高舞技。我可不允许你打退堂鼓！”珠荣沉下脸，严肃道，“是你祖父、父亲，还有我倾注了多少心血，才给鹂泽流派带来现在的繁荣。一切来之不易，决不可轻易让他人窃取鹂泽流派。日本规模数第一的花柳派的家元是女的，所以鹬泽的家元是女的也无妨。问题是女家元必须有合适的丈夫。要物色一个极富才干，能使鹬泽流派在经济上有更大收益的男人。只有雄厚的财力，才能使我们的流派不断发展呀！”

珠荣坦率表示要让女儿们紧守住家元这棵“摇钱树”。珠荣对女儿们总是这样唠唠叨叨，而贞寿除了严加指导女儿们跳舞外，对其他则十分冷漠，不闻不问，以致性格开朗的千加不由滑稽地叹道：

“父亲好像不知道我们是他的女儿似的，可是，是不是他的女儿，只有母亲知道。”

对于金钱，贞寿似乎不感兴趣，他把全部钱财都交给妻子管理。他所花的无非是和女人交际的所谓“游乐费”以及和女人断绝关系时，付给她们的“安慰费”——这不过是他收入中的小小的一部分。

在他父亲贞翁活着的时候，他不敢明目张胆地拿钱，只好偷偷接受在家元练舞会上弟子们献上的 10 万元、20 万元或 50 万元的“祝仪”。在父亲死后，他继承了家元，钱滚滚而来，因而在花销方面，不必顾忌任何人了。

事实上，鹬泽流派由于家元夫人珠荣以及该派其他为数不少的名演员的努力，每年都有庞大的收入。虽然该派以家元贞寿名义向税务局登记的年间所得是 4 千万日元，但还有许多无法交纳税金的收益。实际上，贞寿每年的收入可达一亿日元以上。

其主要项目有：

报名费：一个学生如想加入鹬泽流派学习舞蹈，由师匠教的须交纳报名费 5 千日元，由家元教的须交纳报名费 1 万日元。每个月缴纳 3 千日元至 5 千日元的学费，年末还要奉献 2 万日元至 5 万日元等不同数额的礼品费，此外，还有其他须缴纳的不固定费用，但金额不大。

最使家元得收益的是“名取费”。学生要参加取得日夜渴望的名取资格的考试，必须得到直接的老师取立师匠的同意——绝大部分学生是师于取立师运的。老师同意后，即带她们去接受家元的面试。地方的学生，则由老师陪同上京，因而她们必须支付老师的差旅费，乃至零花钱。当然. 奉送家元的礼品是不能忘记带的，而且其价值不能低。这种考试不过是一种形式罢了。家元不能不顾全师匠的面子，而让学生失望的。学生站在家元住宅那豪华的练舞台上，面对着以家元为首的考官，有的双腿发颤，有的掉了手中的扇子，以致使家元皱眉叹气，但几乎没有考不及格的。

学生取得名取资格后，就得缴纳“名取费”。而令学生为难的是，“名取费”没有定额，只能按惯例。送给家元的是 5 万元到 10 万元，家元夫人的是 3 万元，三个考官分别 2 万元。

此外，还要送什么“账房祝仪”呀，“亲师匠祝仪”呀，“大亲师匠祝仪”等，有时甚至还得送家元的女佣人钱，交名取宣布仪式时所用的手巾费。以上这些费用至少达 30 万日元左右。学生如果是有钱人家女子，在取得名取资格后，缴纳上述费用，恐怕要高达 100 万元以上。

还有的姑娘为了抬高身价，在出嫁前花钱向家元买取“名取”的虚名。其称号标价一个至少 50 万日元。

所以家元如果每年能使 500 名弟子取得名取资格，一个名取以缴纳 8 万日元计算，光这方面，他就能得到 4 千万日元。而他只发给每个名取“名取牌”“名取证”“名取扇”之类物品，其费用不过 5 百日元。5 百人总共才 25 万日元。

如此，家元在白金今里町幽静宅邸里，就能坐享弟子或名取源源不断奉送的钱财及物品。

不仅如此，弟子在取得名取资格以后，为了抬高身价，还千方百计地举办名取表演会。这样，她们就得租用剧场和舞厅，租金是很昂贵的。此外，根据舞蹈节目的不同，每人须交纳30万元至50万元的演出费和给后台的“祝仪”。其总额达100万日元左右。而这些钱的三分之一是归家元所得的。

有时家元主持弟子公演会，命令直接弟子参加。弟子们根据分摊的节目不同，得乖乖地缴纳50万元甚至更多的出演费，而且跳像“藤娘”这样的高级角色，其出演费贵达100万元以上。

直接弟子为了减轻负担，就得让自己的弟子或弟子的弟子交纳“祝仪”。这些“祝仪”如还不够出演费数目，她们还转分摊几十张高价入场券。而高价入场券往往售不出去。这时如有人表现出不大乐意的神情，就会受到作为家元直接弟子的师匠威胁：“连这点热情也没有，还想当名取。”于是就得自己花钱买下自己分摊的入场券。

像这样阴森的师徒关系，在日本不仅存在于舞蹈界，也存在于花道界、茶道界等所有艺能社会。家元们紧紧拴住弟子们，使她们犹如猫犬似地忠于自己，家元们有种种手段，其中最有效的手段就是对那些稍表不满的弟子以“破门”① 相威胁了。

越是上层的弟子越害怕“破门”。因为她们一旦被赶出流派，就意味着失去一切。因而为了保住自己的地位，就不顾廉耻地巴结家元以博得他欢心。而对同伙则加以诽谤和攻击。在举办家元公演会时，为了争宠，她们争先恐后给家元送“祝仪”和接受所分摊的入场券。

---

① 破门：开除出流派。

早年藤间流派家元藤间勘右卫门举办公演会，仅两天就收到弟子送来足足可装满两个汽油桶的“祝仪”。这成了各流派之间的大话题。

1965年秋天，花柳流派第三代女家元寿辅包租歌舞伎剧场，举行4天袭名公演会，据说收入高达2亿日元，连十分自负的鹬泽珠荣也嗟叹自己望尘莫及。

那次公演会特邀的演员有歌舞伎的中村歌右卫门、尾上梅幸、中村勘三郎以及宝冢剧团的春日野八千代、富士野高岑等著名演员。4天的节目多达120个（每个节目表演时间约20分钟）。据说直接弟子如表演一个节目，须交纳出演费100万日元。

鹬泽珠荣分析“4天2亿目元”的奥妙：

节目120个，除歌右卫门等人演出的20个外，100个由弟子们表演。每个节目的出演费为100万日元，100个节目的出演费一共1亿日元。

此外，入场券的收入。如一天卖3千张，4天卖1万2千张。一张售价3千日元，能售3千6百万日元。

这样，出演费加入场券款合计1亿3千6百万日元。而支出的，按当时的价格，每个节目的化妆费为4千日元，假发6千日元，服装费1万日元，布景1万日元，乐队1万日元。给后台的“祝仪”1万日元，此外还有包括印刷费在内的杂费。这样，一个节目支出最多不过十儿万日元，120个节目的支出是1千4百万日元。而剧场的租金以1千万日元计算，这样总支出为2千5百万了，扣除这些支出，家元净得1亿日元以上。

花柳是日本舞蹈界最大的流派，其各种门弟10万多人，遍布全国各地。如一个缴纳1千日元的“祝仪”，那么，就有1亿日元。而这次是家元袭名的公演会，各地门弟所交的“祝仪”

要比平常多。

“就这样，4 天就轻而易举得到了 2 亿日元。而且绝妙的是不开任何发票，令税务署无从调查。”

珠荣独自嘻嘻地笑道。她眼前闪过花柳流派最近新建的豪华壮观的宅邸。这是花柳寿辅花了数亿日元修建的，而她并不卖掉原在田村町的旧房子，让女佣人暂住那里。

“多么奢华的生活呀！不要说那些战后才发起来的公司社长，就连稍有名气的政治家和财界人士，大概也自叹不如了。”

珠荣以半羡慕的口气低声道。她眼睛闪烁充满强烈欲望之光。

## 2

和桧垣保辅在东方饭店幽会后不到 10 天，鹬泽珠荣突然带着大女儿亚子去见他。

这是一个从战前开始就经营德国料理的旧式餐厅。在这里见面是珠荣指定的。但是她不告诉亚子有关保辅的事，也不告诉保辅自己和亚子一起来。

桧垣保辅在约定的下午 6 时 30 分，就已坐在餐厅等着了。当他看到姗姗来迟的珠荣母女时，吃惊地从椅子站了起来。

“我和女儿来银座买东西，两个人都饿着肚子，就一起来了。”

珠荣笑嘻嘻地道。她穿着淡紫色方格花纹的绫子裙子，更显得笑容可掬。接着，她又对亚子介绍道：“这是桧垣桂子的哥哥，这么年轻就已经是日钢商事的课长了。”

“请多关照……”

亚子低头小声寒暄道。母亲究竟为什么一反常态地把自己带到这里和陌生的男人见面呢？大概是把我介绍给他吧？保辅是桧垣财阀的少爷，刚好符合她说的“摇钱树”的标准。亚子不由得这样想。

“初次见面……我妹妹多蒙关照了……”

桧垣保辅拘谨地答道。眼光被对方白色超短裙下那一双白皙的脚吸引住了。可是一种对珠荣竟把她带到这里的不满情绪，从心中涌起，他把目光转向珠荣。

“我们母女好久没到银座来了。”

珠荣无视保辅似的说道，很快地坐在椅子上，迫不及待地垒起招待送来的菜谱，睁大眼睛看着，表现出她那贪婪却坦率的性格，令保辅微微发笑。

三人分别点了菜。在菜还未送来时，珠荣和保辅喝着葡萄酒。珠荣一会儿谈电视连续剧，一会儿谈认识的棒球选手，滔滔不绝。坐在旁边的亚子紧张似地沉默着，保辅也很少插话。本来他是一个善于和女人周旋的人，可是此刻在情妇和情妇年轻漂亮的女儿面前，显得局促不安。当他一想到饭后珠荣将打发自己的女儿回去，和他同床共枕时，无论如何也无法装出平静的样子来。他要和亚子谈些什么，对方总是“嗯”“是的”回答着，他感到无法谈下去。

饭菜端了上来，珠荣开始吃起一块厚厚牛排后，气氛一下子沉默下来。这时亚子用刀叉切着牛肉，动作十分优雅。此刻保辅才注意她和母亲是如此相像。

虽然她那点缀着十分敏感大眼睛的、端正洁白的长脸，不像她母亲，但溜肩和细挑身材和珠荣如同一个模子铸出来似的。

喝了葡萄酒，情绪稍显兴奋的保辅，想象着亚子裸体如同她母亲时，不由得低垂眼光，不敢正视情妇的女儿。而珠荣依然津津有味地吃着牛排。

饭毕，显得心满意足的珠荣，像突然想起来似地道：

“记得在一次财界举办的邦乐演奏会上，令尊竟奏起了‘清元节'[①] 来了，但很出色。将来有机会我跳舞时请他伴奏。”

“那么，我父亲一定很高兴的，请您务必跳。”

因亚子在旁边，保辅一面有礼貌地回答，一面诧异：珠荣怎么最近经常谈论父亲呢?

“不过，我倒不如教令尊跳舞呢!”

珠荣顽皮地道。

“这不是开玩笑吗？教那样肥猪似的胖子跳舞，岂不是贬低了您舞蹈的艺术性了吗?”

保辅皱着眉头道。亚子不禁扑哧地笑出声。

“亚子，你说对吧？你母亲在恶作剧吧?”

保辅为了求得赞同似的，目光转向亚子问道。

“是呀……这是她的怪癖。她是想丑化美的东西，并自以为能够美化丑的东西……不管哪一方面，我都不赞成。”

意外地亚子以成人的口气道。言辞中带着对母亲批判和嫌恶之意。

“哎呀！亚子……这不是怪癖，而是人的本能。丑化美的，美化丑的，可能是人内心的一种欲望。”

对女儿的话，珠荣吃了一惊，随即轻轻反驳道。

“那么，母亲恐怕过于‘本能’了吧?”

亚子声音轻轻地，却带着强烈地讽刺。说罢，她把脸转向保辅保辅不由得想道，这个亚子外表温柔，却很泼辣，而有意思的这一点正像她母亲。“是的。如果说按自己欲望生活是‘本能’的话，我就是充分表现本能的女人……我厌恶伪善者，像艺能界许多女人那样总用娓娓动听的话来讨好新闻界。”

珠荣扳着浅黑的脸，语调激烈地道。“是呀，比起艺能界的

---

① 清元节：日本三弦曲“净琉璃”的一种。

一女人，这个女人还算是个正直、可爱的人呢。”

保辅这样想着，望着鹬泽珠荣有点发怒的脸。

珠荣说了上述的话，好像发泄了心中怒气似的，突然对保辅道：

“谢谢，你今晚的招待，我现在还要去电视台联系一件事。再见！”

保辅愣了一下。不过他想，她今天带着女儿，也不好挽留她。珠荣带着沉默不语的亚子，走出餐厅。

翌日下午，桧垣保辅给珠荣去电话，要求幽会以弥补昨晚的“损失”。珠荣借口忙而予以拒绝。

“怎么突然对我冷淡了？看样子又有新的情夫了吧？”

“别胡说好不好！”

珠荣生怕弟子们听到，急忙轻声制止道。

“那么明晚见，怎么样？”

“这样吧……我现在实在忙得很，3天以后才有空。”珠荣撒谎道。

“也可以……3天后下午5点半到6点，我在原来的饭店等你。”

保辅颤动着声音道。

“好的，就这样。”

听出对方焦急心理后，珠荣满意地放下了话筒。

约会那天，她故意迟到一个小时来到东方饭店，12层的120房间。焦急等待的保辅一见她，就紧紧把她抱住往床上按。

“不行，我昨晚来了月经。”

珠荣撒谎挣开了他。

“过去我们见面，你不是也有来月经的时候吗？”

保辅执拗地请求，但珠荣还是顽固拒绝。

“你太过分了!”他绝望地叫道，“你上次还故意把女儿带来，以此作为借口逃避，究竟为什么?”

“那么，你对亚子的印象怎么样?对此我倒有兴趣。”

“可是我没有兴趣。”他干脆地回答。可是当他想到那天自己对亚子的肉体产生过淫念时，稍感狼狈地急忙改口道：“是一个好姑娘，尤其她能抑制自己泼辣的脾气……”

“怎么样?要是你对她有好感的话，可以用她替换我。”

珠荣单刀直入，以至保辅一时惊讶得说不出话，只是凝视着她。过了一会儿，他愤慨地喊道：

“你!你是为了摆脱我而利用自己的亲生女儿吧?你真是一个可怕的人。你……”

“我并不是为了离开你。我和你现在的这种关系是自由的，只是担心以后这种爱继续下去将会变成恨。再说，我让女儿和你见面，也绝不是单纯地求我现在的情夫你去爱她!”

珠荣辩解道。

“我不愿意离开你。因为我们的爱情给我带来无可比拟的欢愉。我希望我们至少再保持两年这种关系。”

他带着乞求的目光望着珠荣道。

“过两年我就变成老太婆了。与其等那时你对我冷淡以后断绝关系，倒不如现在……”

“我发誓我绝不会对你冷淡的!”

“你不必发誓，我很知道，对于我，这以后时光的流逝，一年等于年轻时代的5年。”

珠荣道。语气稍带悲伤。

“可是你决不会变老的。两年以后，你还是会像现在这样漂亮的。”

“我不需要你的安慰。再说这以后几年，我要干的事情太多了，以至忙都忙不过来。”

“所以你才让亚子代替你吧……要是这样，你实在是一个可怕的母亲。”

保辅又愤慨地道。

“请你不要误解。作为母亲，我是很爱惜亚子的。即便是让她代替我，也不允许你把她当作路旁野花，而是希望你们认真交际，合适的话就结婚……”

珠荣直截了当地道。

“等一等！”保辅叫道，“你果然是个不像话的女人，竟把自己女儿介绍给和自己睡过觉的男人。这不是禽兽行为吗？”

“在舞蹈界，没有什么一成不变的事情。我觉得把女儿介绍给你，反而更合适，以后进展可能更顺利。”

珠荣突然想到自己不正是干着过去父母干过的事吗？“哎，我的血管里也流着他们那种肮脏的血呢！”她心中叹道，“可是，这并不是不可饶恕的罪恶呀……如能把女儿嫁给日钢财团的少爷。以提高鹫泽流派权势的话……”

“可是，保辅，”珠荣变得含情脉脉低声道，“一个女人当知道自己终归要和情夫分手时，却采用这种形式作为爱的留念，——她心中的悲哀，你是不理解的。”

“可是，总觉得你这种做法令人感到羞耻。”

保辅道。他表情变得缓和了。

“可是我不这样认为。在人们所干的蠢事中，它不算什么。只要亚子爱上你的话……”

“你真是个不可思议的女人。在你的身旁，通常被人们认为异常的事，却变成正常了……不过，现在我除了你以外，不想结交别的女人，当然更不想和谁结婚了。”

“是吗……不过你总归要结婚的。你大概是要和年轻漂亮且有很多嫁妆的姑娘结婚吧?”

珠荣用尖刻的口气，意味深长地道。保辅眼睛闪过一丝犹豫的目光，随即他那刚刮过浓胡须的脸上现出紧张神情，突然紧紧地抱住了珠荣。

“你究竟想什么了?? 再也别提我结婚的事……老老实实地……”

说着，他把珠荣往床上按。

“今天不行。”她叫道，“如果你要勉强的话，我再也不见你了!”

这一句话使保辅松开了手。珠荣趁势站起来，整理紊乱的衣裳。

“现在马上就走。你要不认真考虑我的话，可不行呀!”

珠荣声音又变得温柔，她向坐在床沿的保辅伸过手，像哄孩子似的轻轻抚摸着他的头。保辅颓丧地低垂着头。

3

当晚，珠荣回到家。看到丈夫正坐在“茶之间”[①] 看电视里三弦曲的节目，珠荣以郑重口气对他道：

“前几天，我带亚子去相亲了。对方是你所认识的桧垣保三郎的二儿子。”

“是吗……亚子已经到了这样的年纪了吗?”

就像旁人的事似的，贞寿眼不离电视，平声静气地道。

“我觉得他们是蛮合适的一对，想办法把他们撮合在一起……”

“那就这样办吧！在这方面我提不出什么道道!”

贞寿照样看着电视，毫不关心地回答。

---

① 茶之间：客厅

“你还是认真地听我讲吧！和日钢财阀攀亲，对我们来说，大概不坏吧！”

珠荣焦急地说。

“是呀，不坏。”

贞寿依然若无其事地道。

“你如果有日钢财阀作为后盾，就如虎添翼了。虽然我们的流派有一定的实力，但还需要有更大发展呀。我们的势力比起花柳、若柳、西川、藤间等大流派还差一点，因而需要有个强大的后盾，你说对吧？”

珠荣眉飞色舞地道。

“我对现状已经感到满足……再说流派规模越大，麻烦的事也就越多。”

贞寿表现出消极的态度。

“这一点你不必担心。所有麻烦的事，全由我承担好了……其实不过是多增加内弟子①，再雇一个管家，就能解决的问题。”

“那就是按你说的办吧……可是有关继承人问题，你是怎么安排的？当然，我死后的一段时期，大概由你继承家元，可是在你以后呢？我认为亚子合适……”

贞寿以稍带忧愁的语气道。

“那就由事情发展结果来决定吧！说不定保辅成了我们的入赘女婿呢！那样当然就由亚子继承你的家元。”

珠荣由于心里有一种把女儿嫁给保辅的迫切期待，不由自主地这样预测道。

“是吗？反正继承人的问题是我死以后的事，一切由你安排，我大可不必在这方面花费心思了。”

---

① 内弟子：住在家中的女弟子。

贞寿嘴唇微微颤动，似乎为自己考虑身后的事而后悔。

“另外，”珠荣迫不及待地说，“据说桧垣保三郎是艺术院高见院长的高尔夫球伴，又是前文部大臣有川的同乡。如能促成亚子和保辅的婚事，你那艺术院会员的梦想说不定能实现了。”

珠荣故意刺激丈夫内心隐藏着的欲望。

“有道理……不过做梦可能是件快乐的事。”

贞寿微笑着。这时他的目光才离开电视荧光屏，投向空间四处徘徊着。丈夫是个把表露欲望视为耻辱的人。此刻珠荣感觉到她刚才这一句话已在他内心激起了波澜。

“这个人通常把自己的权势欲隐藏在我的权势欲之下，装出清心寡欲的样子。”珠荣看穿共同生活 22 年的丈夫为人似的. 内心这样想道。

通过长女亚子和财团结为姻戚，接着把千加嫁给有名的政治家，攀上权门。这是珠荣多年来的愿望。至于让哪一个女儿当自己以后的家元，她实际上没有认真考虑过。

岂但如此，珠荣还想，即使将来自己变成一个走都走不动的老太婆，也不轻易放弃家元的地位。两个女儿不过是自己获取更大权势的美丽工具罢了。她觉得一个真正的女人，应该是这样地生活。

珠荣如此沉溺于权势欲，当然有其特殊理由的。

4 年前，她的一个情夫，保守党的年轻国会议员左馆庆太，爱上了银座的一个女招待后抛弃了她。当时，他那一席深深刺伤她自尊心的嘲弄她的话，至今仍铭刻在她脑海里。

“你们尽管有钱，但不过是戏子罢了。江户时代，像你们这类人连户口册都没有。”左馆冷笑着说，“你之所以自以为了不起，可能是因为长期生活在充满旧恶习的封闭小社会圈里的缘故。在你们那个女人占十分之八的社会里的人，其实大都是不知廉耻的、好色的、愚昧的劣等人。你们没有现代社会所值得炫耀的东西。”

由于珠荣对他还很留恋，因而左馆对她的侮辱，更使珠荣无地自容。

“你常自诩什么舞蹈流派的家元，而其实你是依附歌舞枝戏子的寄生虫。所谓的家元，原来是歌舞伎演员中的所谓、振付师’[①] 这一类的寄生虫。而你们这些屈于家元之下的人，又是寄生于寄生虫之下的寄生虫。你们在旧时代，岂但上不了户口，还不被人当人看待呢！再说，现在包括你的流派在内的大部分自称什么流派的家元，都是明治以来才产生的。什么悠久的传统呀、门第呀、家世呀，都是骗人的鬼话。”

想不到常常哼着小曲的左馆庆太对舞蹈界的事情如此了解。

事实上，其后珠荣考查了日本舞蹈界历史，左馆所说的几乎没错。

据估计，日本舞蹈界现有 280 个左右的流派，它们的大部分家元或者宗家[②]，都是明治以来自封的。根据幕府末期的《御狂言师番付》[③]，当时被承认为舞蹈流派的只有坂东、藤间、西川、水木、岩井、泽村、市山、广川、松贺、吾妻、世家满、松本、市川这十三家。

如今日本舞蹈界最大的花柳流派的初代家元花柳寿辅，原是西川流派第四代家元西川扇藏的弟子。扇藏死后，因卷入流派内争而被“破门”。嘉永二年，才创立“花柳流派”。所以它所夸耀的历史，也不过 100 年多一点。

---

① 振付师：创作舞蹈或指导演员的人。

② 宗家：和家元一样，是流派的首领。

③《御狂言师番付》：书名。番付：介绍的意思。

若柳流派是明治31年从花柳流派分出来的。所以其他流派的历史就不用提了。鹬泽流派才第二代，更谈不上什么家世和门第了。反之，若炫耀或拘泥于谈论家世门第，恰恰证明自己有作为戏子和寄生虫的自卑感。正因如此，日本舞蹈界有相当多蠢人，极为羡慕家世门第，不惜花费大量金钱从宗谱店“买”到什么名人家谱以冠在自己流派上。于是宗谱店乘机大发横财。珠荣就听到花之本流派有关这方面的笑话。花之本流派的家元名叫花这这本寿。他也是电影和电视界的活跃人士。珠荣见过他两三次面。他是一个像女木偶似的扁平脸的人。10年前，他突然宣布自己是花之本流派第十五世宗家。就在举引豪华的家元袭名仪式上，舞蹈界消息灵通的人就告诉珠荣说，他这个“家元”是从宗谱店买来的。

花之本寿原来是花柳流派的人。昭和32年他的熟人对他说：

“想成为明星吗？有一条捷径。我认识一个舞跳得很好的。”

于是，他们通过宗谱店了解到信州松本有一个自称“第14世花之本”的人，其人生计颇为艰难。

这个人的家世很有来历。“花之本”原是后土御门天皇赐给被称为“俳谐[①]和连歌[②]之祖”的宗祇的称号。之后，这种称号都由俳谐之名人继承。第六世花之本是一个在皇宫供职的名叫弥寿女的人。弥寿女不仅通晓俳谐，而且善舞。当时的将军家纲请弥寿女住到江户去跳舞。实际上，弥寿女是舞蹈花之本流派的始祖。可是到第12世的花之本听秋时，他又作为京都俳人而闻名于明治、大正时代。花之本听秋晚年死在松本。因此，

---

① 俳谐：是一种带诙谐趣味的和歌。

② 连歌：日本诗歌的一种。

比起舞蹈，花之本更是俳谐的流派。

花之本寿以“传播舞蹈”为由，买取了这个由天皇赐封的宗谱，把持有这宗谱的第 14 世花之本拥为“第 14 世花之木流派宗家”，而自称为“第 15 世花之本流派宗家”。

“这真是太可笑了，他竟然把俳句名人的称号作为舞蹈流派名……”

珠荣虽然熟知日本舞蹈界中种种虚假，知道家元费尽心机所“制造”的权威的内幕，可是对花之本寿这种张冠李戴的做法，也不禁感到吃惊。

令人捧腹大笑的还有一件有关“花川流派”的事。“花川流派”是一个因桃色事件被从“西川流派”“破门”的一个人创建的小流派。他曾经是西川流派家元的直系弟子，他知道过去家元从宗谱店买了“花川谍十郎”流派的称号，就用高价请求家元把这称号转卖给他。花川谍十郎第三代家元的儿子住在浅草，是一个不会跳舞的铁匠。于是他征得这个铁匠的同意，到静冈县菩提寺祭拜花川谍十郎初代家元的墓，宴请各界名士，当众宣布自己为“花川谍十郎流派第 4 代家元”。

可是在杉并区内有一个曾经是第 3 代家元女弟子的老太婆，以“花川谍十郎第 4 代家元”的名义教舞蹈。当她得知半路上又“杀”出一个“花川谍十郎第 4 代家元”时，不禁怒不可遏，扬言要找他算账。他得知后，惊慌失措地把浅草的铁匠拥为第 5 代家元，自己改为第 6 代家元。

作为大流派的花柳派也出现这样一件事：有一个弟子打出“家元直接弟子”的旗号吸收弟子。可是附近却又出现一个打着“花柳派家元”旗号的人，于是前者好不容易吸收的弟子，全被后者吸引过去了。

这样的事，有时令真正的家元哭笑不得，他们却也无可奈何。因为只要谁自封家元，那么，他马上就可成为“家元”，没有任何法律可以禁止他这样做。如果同一流派的弟子这样做，尽管可以通过“破门”，把他赶出流派，但是要使他取消称号，则须花费大量精力和时间。

自夸“名门”的坂东流派也出现真假家元的闹剧。

第8代家元坂东三津五郎有个最老的弟子。他利用家元忙于拍电视和舞台表演，10年来，竟以家元名义吸收弟子，颁发名取证书，接受大量名取费和“祝仪”。由于“滥造”的名取有几百人之多，终被家元发觉。之后，他才不得不坦白10年上来自己的所作所为。可是令三津五郎苦恼的是：他明知这位弟子对流派犯下渎职贪污之罪，却又不敢贸然对熟知流派一切的这位弟子采取行动。再说，他还必须考虑那几百位确信自己是“真正”名取的人的利益。于是，三津五郎只好让这位老弟子把这几百人分出去，另行组成新流派。

诚如上述，“家元”是个富有魅力、强大的存在。谁当上了家元，谁就可轻易地得到莫大的财富。

可是，即使多么富有的家元，也像左馆国会议员所讽刺的那样是个戏子罢了。自以为了不起，只能说明其愚昧和无知。社会上对之一般评价是低微的。

因而鹬泽珠荣渴望取得能够为社会承认的权威，而她所能做到的只能是充分发挥一个漂亮女人的魅力，结交上层人士并且通过两个女儿与名门望族结为姻戚，从而使自己一家进升到日本所谓上等阶层。

“我已经奋斗到了这个地步，非要实现自己的愿望不可”

珠荣常常这样激励自己。她之所以接近桧垣保辅，充分发挥自己的魅力，紧紧拴住他，其目的在于不管他内心愿意与否，也要他和亚子结婚。

此外，不用说流派的团结也是她极为重视的。

“要使流派的干部团结得坚如磐石，千万不能使之分裂。”此刻，珠荣又一次提醒丈夫道，“否则，我的愿望，你的理想，都会像肥皂泡一样，归于破灭。”

“是啊！如果像若柳流派，西崎流派那样就不好了！”贞寿津津有味地呷着妻子端过的茶，轻轻说着，发出女人般的笑声。接着眨了眨两只酷似父亲的大眼睛，又狡黠地道，“我很欣赏你在这方面的做法。你精心地、很巧妙地在流派内安插了许多特务，搞‘特务政治’……连我和女人的关系等所有一切都在你掌握之中……不过这并不坏。我希望你继续这样干下去。正因为你的‘特务政治’，使得手下不得不老老实实地听我们的。”

贞寿奇妙地说。他那柔和的表情掺和着冷漠的目光，使珠荣感到他的话中带刺。

“我不过觉得要力所能及地干一些事罢了。”

珠荣答道。她不由想道，她是在丈夫的既激励又挖苦下，充当一个不讨好的角色。即使这样，她也要演好这个角色。她要牢牢地团结好鹂泽流派，要将若柳流派和西崎流派的内讧，引以为戒。

若柳流派三代家元是在二代家元暴病死亡后继承家元的。那恰是日本战败那一年，当时他才 20 岁。这位新登上流派权力最高宝座的年轻人，放荡不羁，他所知道的就是玩弄女性。流派中凡漂亮的女人，他无不染指。流派的长老们多次规劝他，但他毫不理睬，依然我行我素。于是，长老们废去他的家元制，采用了理事制。起初，他垂头丧气，被迫承认“理事制”。可是，他并不甘心放弃曾经一度尝过甜头的流派中的君主特权。几年后，他反戈一击，推翻“理事制”，发表了“家元复职宣言”，把反对他的长老们“破门”。昭和 26 年，这些被赶出流派的长老们另立“正统的若柳流派”，重新采用理事制。若柳流派的分裂，震动了当时日本整个舞蹈界。这在珠荣的记忆中，仿佛是昨天的事情一般。

若柳流派分裂后，舞蹈界还流传该派的一些丑闻：那些和家元睡过觉的女人们，几乎都抛弃了家元，转到“正统”派去了。她们和长老们的关系，可能是建立在真正利害关系上，而对家元，则不过是将肉体作为“祝仪”，提供他享受罢了……或者她们经过利弊权衡后得出结论：只有抛弃家元，靠拢长老们才有前途。总之，所谓贞操对她们来说，不过是为了向上爬的手段罢了。

据说，若柳流派分裂后，家元先是跑到关西，后来虽返回东京，但从此一蹶不振。

至于西崎流派的分裂，更为复杂。

该流派初代家元西崎绿，是一个性格开朗，身肥体胖，精力充沛的“民谣舞蹈”的能手闻名于世的女人。为提倡“舞蹈的大众化”她不辞辛苦，在全国各地巡回演出。

她原是西川喜州的弟子，从年轻起就是一个对“家元制”持否定论的革新派，战后，在成立西崎流派时，却当上家元。可是她却是一个与众不同的清贫家元。昭和 30 年，才 45 岁的她得急病去世时，不仅没留下财产，还欠下 3 千 6 百万元的债务。

就在她死后不久，该流派发生了分裂。

绿的丈夫是原海军大尉。他和绿的一些年轻弟子留在田村町本部，还清绿的债务。就在这时，反对派抬出了绿的胞兄，组成所谓的“银座派”。

不久，绿的胞兄企图让自己的情妇西崎和美当西崎绿的继承人。对此银座派众人极力反对。但他最后仍然固执地让和美继承了家元。结果反对他的人又组织了“绿树会”，从“银座派”中分裂出来。

可是，西崎和美当上第二代家元之后，不久就和别的男人结了婚，无情地抛弃掉绿的胞兄。

西崎流派就这样一而再，再而三地分裂。分裂后各派始终未能培养出出色的舞蹈家来，从此江河日下，失去了昔日的昌盛。

这些教训，使得鹬泽贞寿夫妇．尤其野心勃勃的珠荣，不得不重视流派的团结。

这天夜晚，夫妇相互慰藉似地静静抱在一起。他可能因为疲劳而没有抚摸她……她茫然地想象着昔日的几位情夫，沉入梦乡。

睡梦中，她看到丈夫脸色苍白地对她轻轻微笑道：

“还是要多接触男性呀！否则你将会失去魅力的……”

4

第二天清早，珠荣起床后信步走到庭园。这是11月末一个难得的晴天。柔和的阳光斜照在常青树上，在凉风中树身摇曳着。新鲜的冷空气使珠荣感到浑身清爽。

她走到种着倒挂金钟和山茶的假山下，看到穿着绿色睡衣的亚子一人静静地站在那闪着白光的泉水旁边。

“亚子，你起得早呀！”

珠荣开口道。

亚子甩了一下那垂到肩上的长头发，回过头来，以责咎的眼光望着母亲。她那两只大眼睛有点红肿。

“怎么？没睡好觉？”

珠荣走近她，不放心地问道。

“我在想事呢！”亚子不悦地答道。珠荣默默地望着女儿显得苍白的脸。不一会儿，亚子以挑战似的口气道："我想离开这个家!"

"为什么?"

珠荣不禁一愣。

"我总感到这个家是冷冰冰的。尤其一年中总发生这样那样不愉快的事，令我心情不得安静。"

亚子那浮肿的眼睛凝视着前方道。

"怪我对你们关心不够。你父亲是一个光跳舞而别的什么事都不管的人。你祖父的丧事，流派内部的事，还有我自己的演出，把我忙得团团转，腾不出时间来过问你们。"

珠荣以辩解的口气说。

"我知道母亲很忙，所以不责怪您……但我总觉得在这个家里，无法使自己心情保持平静。"

亚子道。她显得比平常话多了。

"那么，你离开家以后打算干些什么?"

珠荣不安地问道。

"我只想和普通人一样工作罢了。"

"亚子，那样你倒不如结婚好。你要想离开家嘛，这是最好的办法。譬如和那个桧垣保辅结婚，怎么样?"

"我还没想到结婚呢！我全然不知道结了婚以后我将会怎么样。"

亚子把眼光转向泉水忧虑地说。

"亚子，因你年轻才说出这样的话来。一个人的青春是很短暂的，而女人一旦失去青春，除了自己拼命干活以外，再也没有别的出路了……我是很想让你趁年轻漂亮时和保辅结婚的。昨天夜里，我征求了你父亲的意见，他也很赞成。"

"可是，那是一个很奇怪的人。"

亚子低声道。

“很奇怪的人?”

“是的。他心里似乎失去平衡。我从他眼光看出来，他喜欢的是母亲。”亚子语调提高，话好像从嘴唇挤出来似的。

“你这孩子怎么啦?……由于你对母亲有偏见，才有这种令人可笑的感觉。首先，你这种想法对保辅是很失礼的。”珠荣勉强地反驳道，随即又补充道，“亚子，你或许吃醋了吧?……漂亮的姑娘往往存在着这种心理，而长得丑的姑娘就没有。”珠荣想起了自己过去对母亲也是那么嫉妒。

“或许是这样吧。”亚子暧昧地低头道。接着又轻声补充说，“……也不尽然。对于母亲，我好像有这种的印象：别人在走完自己的人生后，总会给子女留下什么，而母亲您则不会有……”

“是吗?难道我走后，难道连三味线草[①]都不会给你们留下一根?”

珠荣笑道。心里不得不佩服女儿的看法尖锐。但好胜的她却在想：“这正是我引以骄傲的呀!”

接着她板起脸，以威胁的口气对女儿道：

“不管你怎么想，我明确回答你：你从这个家出去之日就是你结婚之时。倘若擅自逃离这个家，我马上会用绳子捆住你的脖子把你拖回来。就凭你这个小毛丫头，不靠别人，你有能力养活自己吗?”

最后，珠荣露出凶狠妇人的面目警告女儿道。不过，她的确提出令亚子不得不认真考虑的现实问题。

此后，珠荣突然变得忙得不亦乐乎了。

她要外出给上层贵夫人及她们的女儿教授舞蹈；参加流派

---

① 三味线草：草名。

主要成员的演出会；排演预定参加明年春天在国立剧场举办的“女名舞蹈家表演会”的节目“喜撰”。尤其是最近还参加一个电视连续剧的排演。这是一个歌颂与珠荣恰恰相反类型的贤妻良母的电视剧，如果请珠荣担任贤妻角色，让她背诵那令他感到肉麻的台词，肯定会被她拒绝的。因为请她担任的是一个充当破坏别人家庭的料理店老板娘角色，所以她很高兴地答应了。

她没有闲暇和桧垣保辅幽会，“忙”成了她拒绝他执拗的约会，使他急不可耐的口实。

可是到了年末，珠荣从认识的记者口里听到一个令她不安的消息：

“日钢社长的二少爷突然和权田原波子混在一起. 常常出入于赤坂、麻布附近。这真是天生一对。一个是花花公子，一个是浪女人。这大概会成为最近的一桩丑闻吧?”

这位记者以巴不得这件事马上成为丑闻似的口气，津津有味地道。

权田原波子是日本著名插花流派权田流派家元的女儿，今年 25 岁，周刊杂志常常刊登她和艺能界许多男人的风流韵事。

她有一个哥哥，是一家大企业的普通职员。渡子虽生性好玩，但在插花方面技巧极高，且富有想象力，常常设计出连其父也不得不佩服的抽象花式。因而父亲权田立泉视她如掌上明珠，被公认是家元的接班人。

“是那个女人不好……竟然出现了这样的情敌。”

鹬泽珠荣心中不禁叫苦道。

保辅怎么变了心？难道是自己采取的使之焦急的战术，把他逼到别的女人方面去了吗?

“他如果出于对我报复，那倒不妨。倘若真的爱上那个女人，就糟了。”

她花费了整整一年的时光，充分发挥了自己所有的魅力，使他变成对自己服服帖帖的男人。现在怎么会突然背弃自己呢？她怎么也不相信。

“是那个女人不好！”

珠荣心里反复地说。

据说权田原是个利欲熏心，“爱钱甚于爱花”的花道家元。他巴不得女儿嫁给桧垣保辅这样的财阀少爷。

为了弄清桧垣的想法，珠荣决定尽快和他约会。保辅在电话里答应在位于日本桥的经济俱乐部，而不是老地方东方饭店，和珠荣见面。

“看来，他有相当的思想准备了！”

珠荣在推测保辅的心理动态，盘算着如何对付这个年轻人。

日本桥的经济俱乐部设在一座外墙是高铝水泥的新建大楼的第5层。这是年轻财界著名人士聚会的“沙龙”。桧垣保辅虽然不过是日钢旁系一公司的课长，但凭借其父的势力，作为“列席人员”资格，可自由出入这里。

珠荣被领到一个整体看来好像是大客厅的地方。里面每隔一个距离放置一组围着做工精细圆木桌的豪华型皮沙发。有几个财界年轻人坐在这静静的，安有空调的客厅里，低声地交谈着。

客厅的角落是一个酒巴间，有三四个身着白上衣的招待员，不出脚步地来回给客人端白兰地和咖啡。

几分钟后，桧垣保辅来了，他紧绷着苍白的脸，以事务性的口气向珠荣道：

“让你久等了！”

说罢就悠然地坐到面前的椅子上。他身穿湛蓝色条纹西服，露出白花衬衣，结的是外国领带，极为素雅。从其打扮和神态看来，还欠缺年轻财界重要人士所具有的威严和稳重。

“你不要装出一本正经的样子。”珠荣望着保辅拿腔作势的样子，心里好笑道，“瞧你还配不上坐在这笼罩着庄重的客厅里呢。嗯，比起你来，你头上墙壁挂着的大角鹿的剥制标本，却更适应这里的气氛哩!”

珠荣心里这样挖苦着保辅。

“你约我有什么事？……”

桧垣保辅看到珠荣默默望着自己，嘴唇边泛着轻轻微笑，沉不住气地问。

“我已经听到你和权田原家小姐的事了。”

珠荣说着，观察对方的反应。

“这又怎么了？你不是说和我分手了吗？那么，我的事和你有什么关系呢？保辅语气粗暴地回答。

“很有关系。第一，我还爱你，因而有嫉妒情绪。第二。你和那个女人搞的是真戏还是假戏。我想知道。第三，你还没有答复上次我向你提出的问题呢。”

珠荣有意识地把自己的想法坦率地告诉对方。

“嫉妒不嫉妒，是你的自由；真戏还是假戏是我的自由；至于你提出的什么问题，如果是和亚子结婚的事嘛，我在上次已经明确告诉你了：我现在还没考虑结婚。”

保辅冷冷地低声道。可是掩盖不住眼睛里流露出来的依恋之情。

“那么，我要问你，作为游乐的对象，是我好，还是权田原家的女儿好?”

珠荣依然不忌讳地问。这使坐在客厅的保辅感到尴尬。

“这，这和你也没关系。”

保辅语塞。

“这也是有关系的。无论是男人，还是女人，他（她）可以违心地对他人撒谎。也可以相信别人的谎言，但他（她）决不能对自己的肉体撒谎的。”

珠荣以天生地带嘶哑的语调道。

“这是什么意思？”

保辅望着她，有气无力地问。

“我要向权田原波子传授最让你着迷的‘交配法’……即便自诩为交际花的漂亮女子，也因出于偏见，不能采取我的方法。”

珠荣淡淡地道，仿佛向人传授舞蹈技巧似的。

“你……”

保辅说不出话来。

“你是想说我很无耻吧？”

珠荣笑道。

“是的。你是一个无耻的威胁者！”

保辅环顾四周后，口中哼道。

“这我承认。在这样的社会里，要生存下去，顾廉耻是不行的。尤其一个女人，要在竞争中挺得住，坦率地说就应该不顾廉耻。”

她满不在乎地道。

“你……你究竟为什么要折磨我？”

他马上语气变得缓和地问道。

“可能是因为我爱你，不想把你让给别的女人的缘故吧……再说，我是这样一个人，如果想得到什么，就不择手段地将之拿到手。”

她几乎是用一种温顺的表情，注视着男人道。

“你真是一只可怕的母蜘蛛呀！”

“是吗？其实我不过是个单纯坦率的女人罢了……譬如我就相信你所说的，除了我以外，不喜欢别的女人的话。”

珠荣高兴地笑道。

保辅又感到自己被她要弄了似的。他是在麻布的鲁列特俱乐部认识权田原波子的。为了忘却珠荣，他接近波子，但实际上他和波子还没有发生肉体关系。

波子是一个外表看起来热情活泼的却工于心计的女人。她在人前大口大口地喝着酒，说着与一个大流派家元继承人身份不相称的猥亵粗话，以致使保辅觉得她是一个能被他轻易搞到手的猎物。事实上，最初保辅引诱她进饭店时，她一口就答应了。

到了东方饭店．进到屋里，她像一个老练的娼妇似地，不仅自己，还让保辅帮助脱光衣服。

她皮肤洁白细嫩，上身稍显长却反而显出肉感。乳房不大，但形态像两个好看的柠檬，且一个乳房还有一根极能挑逗男性的粗黑的毛。

“你太美了！”

他喊着，抱起波子放在床上。

他从波子的年轻的神情和肉体中仿佛看到了珠荣。

她在床上扭动着、翻滚着、喊叫着，一刻也没安静下来。

可是当他要和她结合时，她突然像在梦中清醒过来似的挣开他，喊起来：

“这可不行，要我爸爸同意。”

保辅愕然。他在极度的兴奋中，如同被泼下一盆冷水。

“可是，你爸爸不会知道的！”

保辅愤怒地叫道。他心里想，难道她刚才的狂态是装出来的？

“他会检查的!”

真是荒谬的回答。瞬间，保辅脑海里闪过身材魁梧的权田原立泉，睁大貉子似的眼睛。像妇科医生似地检查他女儿的情景。

“可是，你大概已经不是处女，即便检查，他怎么能检查出来呢?”

波子扑哧笑了起来：

“我是处女……不过。是‘人工处女’。就是说安一个人工处女膜。我是按爸爸的意旨这样做的。这对他是必要的，但对我却是个负担。”

说着，她又不停地笑。他浑身哆嗦，不知她的话是真是假。

无情的捉弄，使保辅感到波子是一个缺少温情的女人。

(这是有名的怪物，一手创办拥有百万弟子流派的权田原立泉亲自塑造的木偶。是一个没有灵魂的冷血动物!)

保辅心里这样骂道。可是又隐隐约约感到她的这种冷漠对自己却别具一种特别的魅力。

“……说不定立泉会让我当女婿去拥抱这冷血动物的。我虽然是未来日钢财阀的董事，但和一个大流派的未来女家元结婚，也不吃亏。”

他的脑海里闪过这种念头。

可是此刻，在和与波子相比过于有人情味的鹬泽珠荣面对面时，桧垣保辅内心不禁又晃动起来了。他想起过去一年，她给予他难以言喻的快乐来。

“她虽然自私，但决不冷酷。她还从来没有像波子那样强烈的刺伤过我的心呢!”

这样一想，他不禁内心激荡起来，产生一种要和她共枕的迫切冲动。

“我很想马上和你……”

保辅突然小声地要求道。

“你的心情我理解，也很高兴。但比起我，我希望你去热爱亚子。”

珠荣嫣然笑道。

“你又……提出这让我为难的问题。”

他忽地露出尴尬神情。

“她可是个可爱的姑娘呀！”

“可是，权田原的小姐也并非不可爱！”

保辅怒道。

“你如果执意要违背我的良好意愿，那我老实告诉你，我绝不会让你和权田原波子结婚的。”

“即便因为你卑劣的阻拦，我不能和波子结婚，那么，我也决不会和你的女儿结婚的。”

在静静的经济俱乐部的沙龙里，这对男女都睁大眼睛，恶狠狠地睨视着对方。

# 第三章

## 1

权田原立泉今年57岁，是一个大腹便便、派头十足的人。可是他那棕红色脸上架着一副粗龟甲框眼镜，里面金鱼似的大眼睛充满着很博人好感的和蔼神情，甚至有时还闪过向人讨好的卑微的目光。仿佛他外表上的傲慢是为了掩盖这种卑微的目光而装出来似的。

他的家在世田谷。其活动据点是建在涩谷一块高地上的“权田原会馆”。这是一座巍峨壮观的钢筋水泥四层楼。它是由世界著名的建筑家篠井廉一博士设计的，外墙用的是冈山县陶窑特制的紫色瓷砖，因而漂荡着一种“花道殿堂”的气氛。

楼内装饰统一使用淡绿色。立泉坐镇的会长室、半地下的大厅，乃至走廊，都挂着立泉的朋友，一位著名欧洲画家的精美油画。

在这里，立泉指挥他一手创立的拥有百万弟子的流派，所作所为，与其说是教授花道，不如说是在想尽办法多多赚钱。

“我要宣告旧的花道将被淘汰。我要在保守的花道界刮起革命的旋风!”这是立泉的豪言壮语。从他那革新的、别出心裁的作品看，他绝不是墨守成规的花道师匠。

他在宽阔的庭院里插着一根高30米、重80吨的大木，而在客厅各处装饰着许多奇形怪状的铁片。仔细去看，那一片片的铁块或是花瓣，或是玫瑰花蕊，它们被夹子固定在花瓶上，或被钉在木头上。有时，湖上也插着铁片和木头的“组合物”。权田原甚至还用女人的裸体作为其花道的素材。

的确，他是旧花道的叛逆者，他在广泛的造型世界里飞翔。

其作品有的如盛夏太阳那么强烈；有的却飘溢着一种静寂的美，以至西方艺术家赞叹他的作品是“东洋深邃的象征”，是“禅的现代造型”。

“我喜欢把像木块和石头，花和金属这样乍一看很不相称的素材结合起来使用。也就是说，把短暂的、易于变化的美和长久的牢固存在的美，巧妙地糅合在一起，创造出一种独特的艺术。”

他的这些按照自己的意图，以其卓越才能创造出极富艺术性的作品，不仅使来访的欧美艺术家赞叹不已，在外国也很受一流画家和雕塑家的欣赏，一般普通人的欢迎，以至后来获得法国列的恩·特努鲁勋章，从而被公认为国际上一流的艺术家。

列的恿·特努鲁勋章是1802年法国拿破仑皇帝创立的。它是被作为最高荣誉，专门赐给文武功臣的。有时也被作为特别奖赏，赠给那些对法国有贡献的外国人。

对此，不仅立泉，他的弟子们也无不欢喜雀跃。“在日本，除了家元以外，哪个艺术家取得了这种最高荣誉？艺术上顽固保守的日本政府、日本文化界把花道仅当作一门普通艺术，而世界上最伟大的艺术之国法国，却把它认作是一流艺术。”

实际上，法国不是因为立泉所从事的花道，而是因为他的独特的艺术造型而赐给他这个最高荣誉的。但他的弟子们却无视这一点。

在取得法国勋章后，立泉耳边充满种种把他捧为“日本的毕加索”呀，“艺术界的弄潮儿”呀，“伟大的艺术家”等等赞美之辞。

当然也不乏有人批评和攻击他：

“什么‘一流艺术’，‘空间造型’，‘抽象的美’，那不过是他故弄玄虚罢了。其实并未超越普通的工艺。”

“把他的作品当成一流的艺术品也罢，把他本人当作日本的毕加索也罢，其实都不过分。因为他的确有卓越的才华。可是就这样猛烈攻击旧花道界的所谓的革新艺术家，却死抱住封建的家元制不放，且高踞在一个拥有百万弟子的组织的金字塔尖上，而且毫不感到羞耻地拼命捞取金钱，这不是咄咄怪事吗？”

实际上，人们对权田原立泉的批评在于他既是革新的艺术家，就不该死死抱住封建家元制不放。

“他不过是一个挂羊头卖狗肉的商贩。他的生活方式，他内在的精神构造都不是艺术家。他把自己比成毕加索。毕加索在世界上虽然有成千上万的崇拜者，可是他没有叫学生代他教别人画画，却由自己发给证明收取重金。”

但是立泉把这种批判当作耳边风，视为败犬吠叫而已。非但如此，他还要进一步强化家元制，在日本3千家流派、千万人口的艺能界中，他要成为最强大的家元。

“我亲手创建的这个‘王国’能被他们骂垮吗？”

他闪动着突出的眼珠道。

他依然热衷于金钱：

“我人生最大的乐趣是赚钱。”

平时他甚至毫不忌讳地对家人和心腹弟子这样说。

他花钱十分吝啬。他每年虽然从一百万弟子身上吸取四五亿日元巨款，但不随便乱花一元钱。他从不寻花问柳。有时万不得已偶尔去银座的酒吧间或赤坂一带的夜总会，也只露一下面，就抽身离开。当他出现在某些交际场合，是很惹人注目的。主持人免不了对着扩音器道：

“今天，权田原先生也出席了我们的会。”

这时，立泉往往慢悠悠站起来，目视会场，自傲的脸上泛着微笑，向大家点头示意。

他在世田谷的住宅，与池坊、小原、草日等流派家元的宫殿般住宅相比，显得逊色多了。只是他喜欢在家中使用和装饰金光闪闪的东西。然而却没有几样是珍贵的。作家富豪，他却从不讲究饮食，有什么就吃什么。总之，他一个劲地把钱积攒下来。

他之所以如此俭朴，是因为曾经走过一段极为艰难的路。昭和 12 年，他以一介插花师匠创建权田原流派。起初，他那革新式的艺术不为人们理解，因而招收不到弟子，只好辗转于东京都各地，流动传授技艺，以勉勉强强维持生计。

可是，日本的战败给他带来了好运。

他知道耻于没有传统艺术的美国人，一定乐意学习花道的。于是他进到美军司令部内。热心地向军人家属宣传日本的传统花道艺术，招收弟子。

果然，许多将官校官夫人成了权田原流派弟子，从此，散布在差不多成了废墟的东京各处美军驻地，装饰上权田原的插花。

但立泉不以此为满足。他把目标转向盟军总司令麦克阿瑟的夫人身上。果然，经过一些弟子将校夫人的劝说，麦克阿瑟夫人也向立泉学习花道。这样一来，他的流派就成了麦克阿瑟将军直接支持的艺术团体了。在“占领军万能”“必须依靠麦克阿瑟”意识十分浓厚的当时，权田原流派很快地渗透到人们中去，筑起坚固的基础。

“日本的战败却使我交了好运。”立泉喜形于色，随即滑稽地道：“在日本，从战败中得利者，恐怕是共产党、奸商们和我权田原立泉了吧!”

权田原把流派组织建成金字塔型。其由上而下的结构是：家元——由师范级弟子所构成的指导者联盟——全国 12 个联合支部——各地方支部——普通弟子。这种组织结构最便于立泉大量吸取钱财了。

弟子加入流派的所谓报名费为1千5百日元，每月学费也是这个数。从表面看，这比日本舞蹈流派便宜得多。之所以这样做，是为了多吸收学习“新娘修业”的待嫁姑娘。可是，日本舞蹈如鹂泽流派的学习只分6个阶段，而权田原流派却分8个级别、13个阶段。由于每阶段弟子都交钱，学习阶段越多，花钱也更多. 这样立泉就能赚更多的钱。

弟子进流派经过半年4个阶段的“普通课程”的学习后，可以取得“普通四级证明”。之后，由四级升到二级。需要交纳5千日元，由二级升到一级取得“一级”雅号，需要交纳7千日元。弟子从开始学习到取得一级雅号，需要两年时间。她们所交纳的上述费用的十分之三归师匠，其余的全属家元所得。

最后，进到学期为一年的“师范课程”。这个课程分4个级别、9个阶段。取得四级师范，须交纳1万3千日元的证明费，其中8千5百日元给家元，取得三级是1万7千日元，其中1万日元给家元。二级师范分为两个阶段：参与、常任参与。取得参与，须交纳2万3千日元，其中家元得1万5千3百日元。取得常任参与为3万日元，其中给家元2万日元。而一级师范竟多达5个阶段：总务、常任总务、顾问、理事、常任理事。其证明费很高：总务为5万3千日元。常任总务为9万日元，最高常任理事是52万8千日元。上述数额十分可观的费用全部归家元。

不仅如此，由师范们组成的指导者联盟，其成员按级别每年须交纳1千到4千日元数目不等的会费。估计他们有3万人。如一人平均会费为2千日元，仅此一项，家元不费吹灰之力，每年就可得到6千万日元的巨款。

不少师范对此制度甚为不满，但大都敢怒不敢言。因为谁只要表示反抗，就有可能遭到被断绝与其他成员来往的处分，或被开除出流派。这对花费了极大精力取得称号，并以“花道”为生的师范们来说，无异被砸了饭碗。她们只好逆来顺受。只要家元掌握着封建帝王式的大权，谁也不敢在这个社会搞“自由化”或什么“民主化”。

但是，对于师范的不满，立泉早就心中有数。为了笼络她们，对干部这一级部下或弟子，给些甜头。他决定～级师范中的顾问组，在从她们自己弟子那里取得的证明费中，上交给家元的钱减少到一半，理事组甚至可减少到十分之三。

这样，弟子级别越高，收入也越多。她们在广泛招收自己的弟子同时，又不失去对家元的忠心。相反，她们争先恐后地讨好家元，以取得更快的晋升。

他这一套高超权术，令人想到好像是从昔日的独裁政治家吉田茂那里学来的。

这一手段奏效了。由于只要增加弟子就增加收入，高级弟子们对家元的不满情绪逐渐消失了。家元不仅未减少收入，同时又博得她们的好感。

其结果，师范们争着出演必须交纳会费分别为 1 千日元和 4 千日元的双月演习会和年特别讲习会。她们为能够在会上被家元记住自己或亲切地叫一声，而感到无比自豪。

家元的另一项收入是出售家元的看板①。当然光写家元的看板并不能增加多少收入，而给弟子签一块看板，写一张书签，就能轻易地分别得到 8 千日元和 5 千日元。

他常常利用空余时间，穿着一件运动背心，在会馆里面的

---

① 看板：戏牌。

一间屋子里，不停地挥笔。每当他看到替弟子写好的、摆成一排排的看板，就乐得拢不上嘴。

“我这不是等于在制造钱吗?”立泉不由这样想道。

流派的展览会也是立泉的大财源。

流派的展览会往往租用一流百货商店的展厅举办。每次展览，他必亲临观看那 4 百多件展品。他漫步于宽阔会场，背后跟随着一大群紧张地露出献媚神情的女弟子。突然，立泉收住脚步。

“这是谁的?”

他走到一个作品前问道。这时，从背后人群中一个年轻的姑娘胆怯地走到他跟前。是作品的创作者。“你看，应该这样构思……”

说着，他伸手把一枝黄色蔷薇从花瓶里拔掉。在非行家眼里，这似乎没有必要。可是? 那姑娘却红着脸不停地向他鞠躬：“谢谢！谢谢!”。她为自己的作品能被尊敬的家元亲手纠正而万分感激。立泉只微笑地点点头。

“我这一拨动，至少 1 万日元。”

他这样想着，又把目光转到下一件作品。

手指一拨动 1 万日元。这是立泉在巡视弟子展品时不成文的“作品批改费”。凡作品被他指点的弟子，按习惯就得向他献上批改费。其数额从 1 万日元开始，多献不限。

在这样的展览会，弟子们所付出的当然不止批改费了。首先，她们按其作品所占位置的大小，向家元交纳场地租用费。其价格分为 A、B、C 三等。C 等为 3 万元（面积为 45 厘米见方）、B 等为 1 万日元（面积为 46 厘米宽、75 厘米长）、C、B 以上是 A 等，为 5 万日元。

还有令人感到奇怪的事是这样的展览会与普通展览会完全

不同，那就是凡优秀作者必须向家元交纳“奖金”。其“特选者”交纳推荐金 1 万日元，准特选者和佳作者分别交纳礼金 5 千日元和 3 千日元。

“能被选为佳作固然令人高兴，可是这样的佳作太多了有半数以上。”女弟子们发牢骚道，“而且，仔细一看，每天展出的高等弟子们的作品都不一样。这样，表面看来 4 百件展品而其实是六七百件以上！家元真是利令智昏了！”

“为了讨好他，还得买他的花，借他的花瓶和作为素材的铁片。这些加上运费要 5 万、10 万，有时甚至 15 万日元。”

“不仅如此，还要被分推代售 10 张、15 张票价为 3 百日元的入场券。有人甚至被分摊 3 百张而不知所措。”

对于这些牢骚和不满，立泉毫不介意。他绽开紧绷着的面孔，笑了。

此外，地方支部也举办展览会。按规定，地方展收入中的七成归家元。立泉要是到地方展去露一下面，就是件了不起的事。地方师匠也有想借助家元扩大自己影响的，她们十分欢迎立泉亲临指导，这样就得为他预备相当分量的厚礼。可是有 组织薄弱的地方支部，怕立泉驾临反而增添麻烦，对他则敬而远之。但是立泉会在展览会开张时突然笑眯眯地驾到，随即用他那金鱼似的大眼睛意味深长地盯着对方。

“家元那双眼睛盯得我浑身颤抖。”

许多女弟子，无论老的、年轻的都以心荡神驰的神情说。她们被一个拥有强大权力的男性用“眼技”表现出的特有魔力所吸引。

立泉用“眼技”换来巨额的财产。在展览会期间，他往往会减少他那抽象作品的创作时间而经常和弟子们交谈。他深知一个家元平常寡言少语，反而能收拢人心，可是在展览会这样的非常时期，他就一反常态，说些笨拙的笑话。“他很乐意外出传艺，其讲习费最低为 1 万日元。因为是谢礼而不是固定的价格，有人交 5 万、10 万，甚至多得出乎意外。有一次，他去大阪讲习，有人说。除了飞机票费用外，得了 1 百万日元。对此，他不置可否，只是笑了笑。

他的财产就这样滚雪球般地增加，但仍不满足。

为了使弟子们不去买他人的花瓶，他以自己的名义开了一个名叫花泉的公司。

对此，弟子们不禁皱眉议论道：

“他那狂热的金钱欲真令人惊叹不已呀！且不说他把花瓶、剪子和剑山①打上权田原流派标志出售，就连围巾、1 本 1 千 5 百日元的挂历，3 盒 150 日元的火柴，都印上他的名字出售。

“我还听说，立泉先生在买花和树根时，为了占便宜，竟亲自跑到商店和老板讨价还价。据说买这些东西可以便宜二成。像这样鸡毛蒜皮的事，他非自己办理不会放心。”

弟子们常常窃窃私语评论家元。的确，立泉是一个怪人。他一边在创作优秀作品，一边把宝贵时间花在许多琐碎事上，凡事都不轻易委托他人办理。

他经常出版著作。在出书前，他先调查一番弟子们的经济状况，然后向她们摊派出售的书籍。他的书都是精装本，每册价格在 5 千日元至 1 万 5 千日元之间。谁被分摊上，那是一笔相当大的经济负担。

“我竟被分摊上 5 册，每册高达 1 万日元的书了！”

“我比你幸运，只被分摊两册。可是如果卖不出去就亏了！”

“这么贵的书，谁要呢？”

---

① 剑山：插花的一种用具。

“家元暗自得意了！指导者联盟有3万多名成员，每人口要分摊1册，他就可卖3亿日元了。真是令人气愤！”

尽管师范们暗地发牢骚，可是仍不得不想尽办法把书推销出去。她们怕立泉那大眼睛直瞪自己。

“这样的贪财者，与其说是教授花道，倒不如说在钻营钱道。”

终于流派内外越来越多的人这样评价他。

“表面上，他只收取证明费，可是弟子每升一级就得上交与证明费同额的作品发表费。这实际是一笔数额庞大的不记账的黑收入，税务署无从调查。家元究竟要拥有多少财产才感满足呀！”

花道界其他消息灵通者都这样说。

可是听到这些话的权田原立泉。泰然自若。全然无动于衷。

2

可是也有个令怪物权田原立泉伤透心的人，那就是他的女儿。

他的31岁的长子启一郎，从小就对花道索然无兴趣，甚至厌恶。

“我看到家里唠唠叨叨的一群女佣人，还有那些年轻的‘中性’男人，就觉得恶心。为此，我甚至感到他们包围的父亲是可怜的。”启一郎在上高中时就这样说过，所以，他从旧私立大学经济系一毕业，就马上选择公司职员的职业。

“我要自力更生。我是个软弱的人，如果待在家里，因为是权田原家元的儿子，就容易被宠坏而变得更加没出息，倒不如住公司宿舍。”

启一郎断然地住到大公司三野商事在获霍的独身宿舍。

在启一郎上小学时，曾有意把他培养成自己接班人的立泉，见到儿子对花道如此不感兴趣，就放弃了原来的打算。

在家里，立泉作为一家之主，也是独断专行。如今儿子竟然批判起他来，而且还发表“分居宣言”，这极大地伤害了他的自尊心，打击了他的权威。

于是他把爱倾注在既漂亮又在花道上表现出杰出才能的女儿波子身上。

他要把作为家元的花道和权术，全部教给女儿。可是，他过于性急了，反而令波子难以接受。

因而对女儿的教育，立泉越热心，波子就越感到乏味。但是她意识到自己是家元的接班人，而又不敢违背父亲，于是，郁积的怨气终于发泄出来，她开始出外寻求刺激。

她心情烦躁，情绪不稳，易于冲动。因为是大名鼎鼎的权田原流派的漂亮小姐。男人们都乐于接近她，奉承巴结她的大有人在，而她也认为这是理所当然的事，于是失去那种自我约束力。

母亲宠爱女儿，给她过多的零用钱，使她能尽情地玩乐她的周围总麇集着一群轻薄的子弟，他们之中有艺能界人、右政财界中不务正业的子弟。

“你聪明、美丽、又有钱，比起交际场的其他混浊女子你才是真正的出类拔萃的交际花。”

一个装得很正经的年轻人吹捧她道。他叫日崎，是电视主持人。

波子 19 岁时，和日崎谈起恋爱来了。不，与其说是恋爱，莫若说是一种冲动，是急于卸去处女的负担的冲动。而日崎恰是使其解脱这种负担，能与之进行轻薄情事的合适对象。

日崎三十五六岁，自称是花花公子。他原来的妻子是一个英国父亲日本母亲的混血儿。因为他不断地和电视女演员发生两性关系，妻子和他离了婚。于是他把儿子交给妻子，成了自由自在的独身者。从此，他一面狂热地从事电视业，另一面则更耽溺在色情中，他不断地并变换着地同一个又一个年轻女助手发生关系。他从女人那里取得钱，作为报酬，让她们拍电视。他和她们睡过觉后就随之把她们抛弃掉。

权田原波子并非不知道日崎的底细。可是在他主持的电视节目里，波子作为名流的小姐，却穿着比基尼游泳衣介绍其父的生平和花道。这样他们两个就混熟了。

“他虽是声名狼藉的男人，但是和他往来不会有后顾之忧的。”

波子这样想道。一天晚上，她被他带到新宿的一个热闹地方喝醉了酒，两人发生了关系。她感到一阵剧痛后，内心不禁叫道：

“从此，我再不怕爸爸了。我算和他决裂。”

波子结束了“仪式”后，决定仅此一次，以后再不理睬日崎了。

可是，日崎一反过去对别的女人的态度，提出要和波子结婚。

波子大吃一惊，毫不犹豫地拒绝道：

“这可不行。和我结婚的男人是由我父亲来选择的。”

可是，日崎并不罢休。他去涩谷会馆厚着脸皮见立泉，把和波子的事一五一十告诉他，并提出求婚。

“什么?”

立泉一下子从位子上跳起来，两只金鱼似的大眼睛仿佛也要从眼眶里蹦出来。

“难道连波子也背叛我了?”

他哭着丧着貉一般的脸，长叹一声。随即像突然注意到似的，对恭恭敬敬站在面前的日崎，用恐怖的声音喊道：

“我不同意！你给我滚！”

而对于波子，他的态度则有点异样。当他从波子口里证实日崎的话时，突然呜呜地哭了起来。

其实，他本来就是爱哭的。看歌舞伎“二条城的清正”、“艺浜”时，甚至眼泪会夺眶而出。以至有人惊讶道：“像他欲望如此强烈的人，竟会流下这么多的眼泪！”而妻子则挖苦他：“他的心大概是被鬼搅乱了。”的确，这不过是他在舞台前的另一表演罢了。

当豪华的会馆落成，高级弟子的亡故，获得法国勋章以及挽留被人离间而要离开流派的弟子时，他那大眼睛里都会滚下大粒的泪珠。

“立泉先生是一个多么富有感情的好人呀！”

谁见到他那悲伤的样子，都会这样感叹。其中不乏有人把他视为“知己”，愿为他效劳终生。

可是这次他为女儿流下的眼泪，可能不是虚假的了。

“你把我杀了吧……你把权田原流派毁了吧！”

立泉对女儿哭道。

“请父亲放心，我不会再看那个男人一眼了。”

波子对父亲异乎寻常的态度不知所措，急忙以大人的口气道。是她主动地把处女付给这个男人的，可对他却一点儿爱情也没有的。19岁的波子，过早地表现出其冷酷的性格。

“是吗？……”立泉放心地叹了一口气，“如果你喜欢上这样轻浮的男人，那么，你要意识到我绝不会让你作为我继承人的。”

他用布满血丝的浑浊的眼睛斜视着波子。他在观察他的威胁在女儿身上能起多大效果。眼泪和威胁，这是他惯用的一个手段。

不消说，对于波子，她从来没有想过要放弃家元的继承权的。此刻，她已经意识到自己如果不按照父亲的意旨处理这个“事件”的善后，那样将失去父亲的宠爱，家元的宝座以及由之而带来的莫大财产。

“你玩是可以的。但是要是被像日崎这样对我们财产心怀不轨的男人所利用，就不好了。”立泉望着低下头的女儿。他又恢复了那种专横傲慢。

“知道了……”

波子鞠躬道。

“那么，你要拿出行动来。”

立泉的脸上浮现出一种奇特的表情。

“您要我怎么办?”

波子抬起头稍有胆怯地问。

“重新变成处女！通过手术取回失去的东西。”

立泉以一种与其说是对女儿，莫若说对一个女人的口气命令道。几天后，波子在父亲物色的虎门整形外科医院做了极其不愉快的、令人难以启齿的手术。手术医生50岁左右，是权田原流派一位高级女弟子的丈夫。吝啬的立泉破例地付给他包括保密费在内的一大笔手术费。

“这是所谓的现代贞操带。你以后必须定期接受这位医生的检查，以让我放心。”

立泉以严肃认真的表情这样叮嘱已还原成“处女”的波子。

“一定按父亲说的做就是了。”

波子难堪地答应道。

“在我招入合适的入赘女婿之前，你务必保护这‘贞操带’。它不仅属于你个人，也是守护下任家元的宝贝呀!”

立泉苦口婆心地教诲波子道。

但是，由于成了她肉体一部分的这块人工“隔膜”，波子变成了一个好撒谎的冷酷女人。

“只要不使这块‘隔膜’破裂，我就可以尽情地玩。”

这样一想，她反而变得轻松了。她和各种子洋的男人交往，成了公认的交际花。和她睡过一次觉的日崎，出于怨恨，将他两人的关系抖给艺能周刊杂志。这样一来，反而使她更肆无忌惮地玩乐起来。

可是，她在和男人接触的更关键时刻，却毫不留情地拒绝男人。未来的家元地位将会带来一个女人难以得到的荣华富贵。丢失这种地位的惧怕，使她能够一下子清醒过来。当然也可以说是这块人工处女膜，给她设置下心理警戒线。但是，波子现在并未意识到在男人焦急中拒绝他们，将使自己有可能患上可怕的不感症。

波子和桧垣保辅的交往，很快传到立泉的耳里。但与上次迥然不同的是，他把波子叫到跟前，笑嘻嘻地问她：

“桧垣保辅是一个什么样的青年呀？我已经听到许多有关他的传闻。现在可以见一次他吗？”

立泉睁大眼睛望着女儿。

“不过还没有到把他带来见您的阶段呀！”

波子想到保辅那种还没有把自己作为结婚对象的态度，胆怯地回答。

“看样子他对你满意吧？”

立泉又问。

“对我不坏。”

“那么，你要主动一点。我想在适当的时候见见他。”

立泉明显地表示了对保辅感兴趣。他内心盘算，如果能招保辅为女婿，就可通过他，把权田原流派和日钢财阀紧紧结合起来。这真是一笔绝妙的交易。

立泉难以想象自己未来的女婿是个无造就的艺人、穷作家或是低薪的职员。他难以容忍这样的人进到自己流派的中枢。然而现实中，花道界和有实力的财界人士、政治家结为姻戚的流派都几乎没有。大多数家元的女婿，在立泉眼里，都是不屑一顾的没出息的人。正因如此，立泉看中日钢财阀的次子。

“暴发户”的我，如能和桧垣家族结为姻戚，将“如虎添翼”。

这是立泉第一次鼓励自己的女儿积极主动地去接触一个男人。

3

正月里，鹬泽珠荣做了一个很不愉快的梦。

在这前几天，她参加了86岁死去的藤荫流派宗家藤荫静树的葬礼。

虽然珠荣和死者并没有多深的交情，但在挤满令人厌恶的女人的日本舞蹈里，珠荣对这个美丽和人品高尚的老婆婆持有好感。

藤荫静树是新潟县有名的美人。据说她出生在商人家，长在花柳界。9岁开始习舞，15岁就被公认新潟三大美人之一。她那雪国所特有的白皙细嫩的皮肤和艳丽的姿容，不知使多少男人为之倾倒。

她在藤间流派习舞到25岁时，为得到名取称号来到东京。3年之后，被获准取艺名为藤间静枝。可是后来与新潟的养母关系不洽，就在新桥充当艺妓，独立营业。

她不仅舞姿优美潇洒，而且知识渊博，尤其擅于评论文学因而很是博得知识阶层的喜爱，成为新桥一带著名的艺妓。

就在那时，在她面前出现一个男性，那就是日本近代著名作家永井荷风。当时永井刚从法国游学归来。他们经过 5 年以上的恋爱，于大正 3 年正式结婚。在《断肠亭日乘》里，荷风怀着无限留恋的心情，时而以其独特的幽默笔调，描写和她的爱情。

但是，不久他们离婚了。从此，静枝就把全部精力倾注于舞蹈。这位曾经连永井荷风这样摩登文人也拜在她石榴裙下的绝顶聪明美丽的女人，十分好胜。她不拘泥于当时古典舞蹈，于是开始跳起当时谁也不敢尝试的“创作舞蹈”。

就这样她触犯了藤间流派的宗家，遭到相当于“破门”的处分，但她毫不气馁。

昭和 6 年，她终于创立了藤荫流派，改艺名为藤荫静枝，专心教授起“创作舞蹈”来了。特别是 9 月末．在有乐座①跳的“出云的阿国”取得很大的成功。这个剧本是长谷川时雨写的。舞蹈的背景由大油画家和田英作设计的。舞蹈演出当天晚上，大暴风雨袭击东京。直至今日，人们还认为那天晚上。静枝的舞蹈充满着一种蔑视自然威胁的魄力。

那是一种在暴风骤雨下跳的艳丽舞蹈。

可是当时她没有想到这个舞蹈预兆她未来的生活。

她遭到因袭守旧的舞蹈界的白眼，独自走着一条充满荆棘的道路。

“我是一只土拨鼠，要为新舞蹈爬出一条道路来。”

于是，她去欧洲各地巡回举办日本新型舞蹈表演会。回国以后，以其天生的开拓精神，创作“沙罗门”“车轮 1950”等面向国际的日本舞蹈。这同时，根据西方古典音乐和中国音乐，

---

① 有乐座：戏院名。

连续发表新的群舞、连舞作品。此外，她还创作童谣舞蹈，她成为当时“创作舞蹈”运动的旗手。战后，她又对古典舞蹈进行改革，在表演中增添新的内容，开辟了“新旧舞蹈相融合”的道路。

昭和32年，她改艺名为静树。35年以“创作舞蹈先驱者”获紫绶褒章，40年获宝冠章、文化功劳章，给日本舞蹈界带来极大的荣誉。

藤荫静树即使在死前，卧在病床上也仔细观察弟子舞蹈。她倾注于舞蹈的巨大热情，使其忘记自己已是一个86岁高龄垂暮之人。

珠荣佩服的不仅是静树一辈子为创作舞蹈而奉献的勇气和热情，还有她的罗曼史。静树是一个海量很大的酒豪。她除了永井荷风以外，还和几个男人恋爱过，曾经为爱情欢乐过、焦急过、悲哀过、感叹过、痛苦过。

在青山斋场的葬礼上，珠荣望着花丛中静树的遗像，边烧香，边心中默默祈祷道；

“……作为女人，您走过了很不平凡的一生。我也想在这世界上闯一闯。我要试试一个女人最大的能量究竟有多大。请您保佑。”

就是这样一位日本舞蹈界的女中豪杰。静树的这个葬礼太冷清了。

葬礼的参加者不过350人左右。四周的花圈和台上的供品也不多。和去年秋天，鹳泽贞翁的盛大葬礼相比，逊色多了。这使珠荣甚至感到难过。

死者的亲属以为有大量的人参加葬礼，才租用宽广的青山斋场，这反而使葬礼显得更加冷清。

“这是怎么回事?”

“大概葬礼举办的不是时候吧？现在正是正月。”

亲属们苦着脸回答道，随即沉入难堪的沉默，个个脸色苍白、呆板。

这究竟是什么原因？珠荣把静树与贞翁相比。贞翁已经指定了儿子舞蹈家贞寿作为家元的继承人，并且有一批像珠荣这样已经是在电视电影界崭露头角的舞蹈家，这就具备雄厚的力量足以动员众多的人参加葬礼。

而藤荫流派，其家元继承者未能预先指定，又没有实力强大的人物，足能理所当然地肩负起藤荫流派的领导重任。

尽管如此，主要原因还是在于舞蹈界冷酷的人与人间的关系。

仿佛一个强大的敌手从此消失了似地，舞蹈界的同流对藤荫之死，倒不如说是抱着暗自高兴的心理。

这种结局，难道是对藤荫一辈子孜孜不倦地献身日本舞蹈的报答吗？

珠荣感到难以忍受！

这天夜里，她又一次在梦中体会到当时的痛苦及愤慨。她醒来冷汗湿透了全身。

“舞蹈界真是像个冰窖似的令人恐怖的世界。”珠荣在黑暗中叫道，“但是，我还要奋斗到底，以实现作为女人的梦想。”

她的身旁，鹬泽贞寿安然睡着，发出均匀的呼吸声。

翌日上午，会计师向她汇报有关流派财政收支情况。下午，按预定由丈夫指导她排演即将在国立剧场的“女名舞蹈名家”上演出的节目“喜撰”。可是由于前一天的梦境老是缠绕心头，使她心情烦躁，情绪不定。她为很小的事训斥弟子；不断地向会计师重复一句话：“想办法巧妙地虚报收入”，而在排演中，动作和台词出乎意外地多次出错，而遭丈夫严厉斥责。

“喜撰”是歌舞伎的一首舞蹈曲，取自歌仙喜撰法师的名字。这个舞蹈是表演喜撰在祇园赏花的时候，一边和宫殿的女人戏吵，一边哼着化缘和尚的调子和别的和尚欢舞的情景。要表演出一个在花街柳巷寻欢作乐和尚那种超然飘逸的神态是很难的。

这是天保时代创作的很为人欢迎的艺术性颇高的舞蹈。它配有三弦琴弹的清元曲低音和长呗曲高音，因而给人一种华美的感觉，而表演的艺术之精粹则在于必须抑制这种华美而酝酿出一种飘逸之美来。跳这个舞蹈的名家有尾上菊五郎和坂东三津五郎。前者如一泓溪流，峰回路转；后者则有如飞瀑悬挂，一泻而下。鹬泽流派则是更好地吸取了后者的特点。

“这样不行……千万不可故作姿态，跳起来要不知不觉地像浮在河面的一朵花随波荡漾……表演悲哀也不能显得造作，而要真实，就像谁都会有的那种悲哀。”贞寿语气严厉而清脆。声音是显得那么年轻，以至令人忘记了他的年纪。

可是，今天的珠荣提不起精神，舞跳得越来越糟。

“你再从头开始跳……与平常相比，你今天过于表演出魅力了。我已经提醒过你不知多少次了，在舞蹈中散发出来的人为魅力不算魅力，而经过巧妙地控制后酝酿出来的魅力才能吸引人。”

贞寿在重复着他一贯的观点后，那形状优美嘴唇边泛起轻轻微笑，以平静的声音道：

“你还是和别的男人多接触吧！以便把身上多余的魅力通通消除掉，怎么样？对于今天的你来说，比起练舞场来，需要的是去饭店，和其他男人同床共枕。”

贞寿用极其坦率的语气道毕，以真诚的目光爱抚似地望着妻子。

“你在这样神圣的练舞场，竟能平静地说出这样的话来!”

珠荣以一种既非抗议，又非许诺的奇妙表情答道。

“是的。为了能跳好舞，该告诉的重要的事，就要不分对象、不分场合告诉……真的，如果需要的话，你即便就在这里和别的男人一起睡觉，我也会同意的。”

贞寿笑道。

“这个人谈这样的话时，连脸上的皱纹也是美的。”

珠荣心里想道。对于竟能如此平静而自然说出这种非人性话的丈夫，珠荣感到可怕。不，比起可怕，恐怕更多的是羡慕。

“他真的能够看着我被一个生疏男人搂抱而无动于衷的……”

珠荣几乎以尊敬的目光看着丈夫。

但是，听了丈夫的话后，她想起自己最近有一个半月没有接触男人了。

“那么，今天情绪不定，大概不是因为昨夜的梦，而是有相当长时间没有被男人搂抱的缘故吧?”

她感到一阵心焦。

“总之，今天就跳到这里吧。就你刚才的跳法，喜撰法师看了会流下眼泪的。”

贞寿哈哈地笑道。

一个下午就这样度过。她感到沮丧，甚至对舞蹈开始失去信心了。

“我大概跳不好难度这样大的男角色了。为向新领域挑战，我选了‘喜撰’，但我毕竟消除不了女人的艳丽……看来，我是成不了名舞蹈家的。因为凡是女舞蹈名家，都能极为出色地跳好男角色的。”

珠荣越来越烦躁。她想给桧垣保辅去电话，约他晚上在那个饭店见面。她认识很多男人，如：电视台的导演、老缠着她的艺能刊物的中年记者、药品公司那个会写诗的50岁的社长，和银座女招待结婚后马上离婚，好像性能力不足的那个美男子演员，退出左翼剧团成为商业广告演员的中年男演员……”她可以想出一大串追求自己的男性，但是她想马上见面的却没有一个。

“想不到我如此缺少满意的男人。”

珠荣苦笑道。

“她想起新认识的一个漂亮的女藏家。这位女画家已经结了婚。可是她说，因为丈夫得了阳痿病．于是和别的男人发生关系成了避免离婚的‘恶的需要’了”

这位女画家是和不固定的许多男人发生关系的，原因是“为了避免造成以后的麻烦”。

据她说，她常常引诱新宿附近酒吧间的男招待或街头相遇的年轻职员到温泉旅馆去。

“一天深夜，我坐出租车回到武藏境的家。那个年轻司机看来有很长时间没有进理发店了，头发乱蓬蓬的。我不由自主地抚摸他那粗大脖子，让他把车停在玉川河旁边幽暗处……可是那小子由于过分兴奋而不能了，结果我身体火辣辣，以至叫到家后，虽是冬天，还是赶快淋了一通冷水浴。”

那位女画家认真地说罢，哈哈大笑起来。她那白皙漂亮的面貌，令人丝毫感觉不到她的讲述是肮脏的。

“我要能做到像她那样……”

珠荣甚至羡慕起那位女画家的放荡不羁了。

“可是我肯定做不到那样。比起她来，我是个名人，我的面孔人们太熟悉了！”

这样想着，她还是感到自己无限留恋通过一年接触，已经习惯了桧垣保辅的躯体。

珠荣想回自己卧室去给保辅打电话。可是就在刚走到楼梯口，遇到一个不速之客。

这位客人就是珠荣在户口名义上的弟弟，而实则是丈夫贞寿和母亲富重莳子所生的富重透。

他像嬉皮派似的，长长的头发披到肩上，依然是苍白的脸，无神的目光。他站在门口：

“姐姐!”

说着，开始脱鞋。

“哎呀！是透吗？你什么时候回国的？”

珠荣吃惊地问道。

“昨夜很晚才到达。我是来问候姐姐的。”

透摆晃着细高的身躯，急忙低头道。

4

富重透是4年前去美国学习摄影的。

开始是在富重康信的朋友帮助下到旧金山的。后来转到洛杉矶，住在该市被称为“小东京”的日本街上一个普通公寓里；最后又转到纽约，住在纽约东区的贫民街。

当时的旅费和生活费，表面上是富重康信给的，而实际上是鹫泽贞寿瞒着父亲张罗的。

透在高中时对摄影就感兴趣。后来很快就表现出才能。在学中，他参加许多大报纸举办的摄影比赛而入选。高中三年级时，在全日本学生摄影比赛中获优胜奖。之后，他又进摄影学校学习，专照流浪儿、街道工厂的童工、渔民、弹子房的店员，站在废墟旁的孕妇等下层人物和以他们的生活状况为主题，曲调暗淡的照片。摄影学习毕业那一年，他几十次访问住在东京和广岛、长崎的原子弹爆炸被害者，拍摄了他们之中30人左右的照片，以“世纪的面目”为题，参加全日本摄影比赛获二等奖。

毕业后，他在东京时事画报设计研究所工作了两年。有一天，他突然对人说道：“让我光照这样的照片，我受不了了。我要去美国住一个阶段。”他的性格很固执，凡事一说出口，就非干到底不可。

珠荣不知道他在美国干什么工作。只是有一次他来信告诉她，他在打短工，早上6点就被叫起，一直干到晚上8点，累得筋疲力尽。

他打的短工是给一个日本人园艺师当助手。那个日本人是作为农业移民去美国的。因中途受挫折对农业失去兴趣，从农场逃出来，跑到旧金山和洛杉矶，“半路出家”干起园艺师来了。

透的工资，表面上不低：一天20美元。但实际发给他的有时甚至才10美元。透在信中道：

“……这不是诈骗和剥削吗？我向主人提出抗议。乍看外表和善的主人，这时才露出狡黠的面目，奸笑道：‘你们（因为他雇了像我这样的日本助手有好几个人）都是以观光护照来美国的。根据美国的法律，持观光护照者不得打短工。违犯者马上驱逐出国。你们是托我的关照，才能打短工的。因此，还应该感谢我呢！我们就这样被他榨取了血汗。日本人真是丑恶，即便在国外也是你死我活的相斗，令人可叹可悲！”

之后，透又转到纽约，在那里以一个自由摄影家身份和杂志社签订合同，提供作品。这时他才有机会充分发挥了才能。珠荣从父亲那里知道，透在哈莱姆黑人街和东区贫民街拍摄了大量深刻反映嬉皮派和黑人人权争取者的斗争生活照片。他怀着对贫民和黑人深刻同情心而拍摄的这些照片，向人们深刻地揭示：被认为是犯罪之巢的哈莱姆的贫困、肮脏和悲惨的生活，完全是白人的种族歧视政策所造成的。种族主义者企图通过散布“罪恶来自黑人”的偏见，来维护白人社会的秩序。这种阴险的企图，是哈莱姆之所以延续下来的直接原因。透的业绩获得相当高的评价。

“那小子在什么地方都对什么被害者呀，差别呀这类问题那么敏感，可是对自己出生的秘密，却蒙在鼓里……”

已经失去当年勇气，身体变得衰弱不堪的富重康信，苦笑中带着胆怯表情有气无力地道。

这个离开日本 4 年的透，突然回国，出现在鹬泽家，使珠荣不得不打消了出门的念头。

在大门旁明亮大客厅里，珠荣才看清富重透。他的脸比 4 年前消瘦多了，眼睛变得更加阴沉，看不出一个 27 岁年龄应有的生气勃勃，整个外表给人一种老成的印象。

和生父贞寿一样，他是一个长脸形的美男子，两颊长满浓黑的络腮胡子。这样就更使眼光变得黯淡。

“我这次是为了结婚而回国的。”

“怎么？对象是什么人？”

珠荣以惊奇的目光打量这位既是弟弟又是继子的青年。没听说离开日本 4 年的他有了未婚妻。

“我想从现在开始找。如能找到合适的。就结了婚回美国。”

透微笑道。他似乎想定居美国，所以用“回美国”字眼。他微笑的时候，眼光变得清澈，外表也似乎显得年轻有朝气了。

“是不是要娶老婆还是日本女人好？”

“是的。我是一个任性的男人，和美国女人生活在一起，事业非垮不可。”

透皱着眉头道。

“可是现在开始找是不是太仓促……”

“要是……来不及的话，下次再回来找。这次我只能待上三四个月。”

“三四个月就恋爱结婚了？这样的事，你能如此速战速决吗？”

珠荣笑道。她对透从小就不讨厌。生透之后，贞寿又和另外两个女弟子生下一男一女。富重康信虽然也把这两个孩子当作子女入到自己户籍，但马上寄养到别人家去了。对于他们，珠荣几乎没有什么记忆。但是他熟知幼儿时代的透。她感到和他有一种血统的亲密感。

珠荣是在透 4 岁时和贞寿结婚离开家的。虽然对透以后的成长不是太了解，但知道透从小是一个孤独、不好动的孩子.他不太喜欢和姐姐们一起玩。对养父还比较顺从，但不知为什么，讨厌母亲子予，不听她的话，以至莳子常常发牢骚。

但是，透好像喜欢“姐姐”珠荣。稍大一点，偶尔来鹬泽家便向珠荣讨零花钱用。

珠荣叫女佣把透喜欢的凉日本酒端来时，贞寿突然走出来。他穿着一件素条纹，内中编有银丝的便服，套着一件外出用的呢绒和服。珠荣想，他大概是要去最近刚染指的女弟子那里吧。

刚才在相距较远的练舞场或许不知道透回来的贞寿，此刻见到透时无动于衷。

“你回来了。”

他只对站起来问候他的透这样说了一声，然后对妻子道：

“我出去了。晚上不知几点回来，你可以关起门睡觉吧！”

说着，没有再瞥一眼透就走出了客厅。

贞寿对透一直很冷淡，既不疼爱。也不厌恶。他似乎完全忘却透是自己亲生儿子，从不表现出感情的纠葛。珠荣道，这种态度如果算是演技的话，那堪称一流的艺术；可是如果是发自内心，那就有悖于人性。这种冷酷无情，令珠荣感到恐怖。

但是直至如今，珠荣还是难以判断贞寿的这种态度是演技抑或发自内心。对 22 年一起生活过来的丈夫内心世界的不了解，可以说是另一种令珠荣感到焦虑不安的恐怖。

“他是一个相当了不起的人物。他能做到如此冷漠平静，实在令我佩服!”

“是呀！……他从来没激动过!”

珠荣突然想起一件事：

有一天，他的两个与之有两性关系的女弟子争风吃醋地争吵起来，污语四溅，不堪入耳。

当时就在隔壁房间的贞寿，任凭她们吵架不予理睬，而这样的吵架，只要他吆喝一声，就可阻止的。

“你也应该劝阻她们一下呀!”

珠荣生气地对贞寿道。可是贞寿反而驳斥道：

“她们之中，即便一方被另一方杀死，我也不会管的。只有愚蠢透顶的人，才去理睬她们这种无聊的争吵。”

对这样的丈夫，珠荣虽然认为过于自私，但毫无反感，反之还认为这恰恰是他魅力之所在。他总是外表冷漠，说话慢条斯理；他为了保护自己，对周围一切十分敏感，却又不形于色；他能以强烈的执着来保持内在秩序的平静。这一切，令珠荣自叹不如。

为了使他那内在秩序和外表的平静能持之以恒，他在日常生活中进行“修炼”。譬如，他很早以前就一个人吃饭，很近的亲属也没有谁能见到他吃饭的情景。因为敏感的他，一旦感觉有人要进屋时，就立刻整齐地放好筷子，正襟危坐，以平静的目光望着闯入者。

“人在吃饭时，处在无防备状态，其表情是贪婪的、丑陋的。所以我不想被他人，甚至自己的老婆瞧见……”

贞寿曾经对珠荣这样说过。他认为自己是日本当代一流的舞蹈家，高度警惕着自己有什么不雅的动作为他人窥视到。

珠荣深深感到丈夫对一种美好的执拗追求。她从透的“他能做到如此冷漠、平静，实在令我佩服”的话中，又一次感受到丈夫的特殊性格。

“……但是，据说他是我的生身父亲。他究竟是一个优秀人物，还是一个令人可怕的人，我真难以下结论……”

突然，透歪着满是络腮胡子的脸，自嘲似地道。

“你说什么……你从什么时候知道的?”

珠荣不禁吓了一跳，直瞪着透。

“您感到奇怪吗?姐姐——不，也可以叫你继母吧?我是在美国听到的。”

透苦笑道。

“在美国?这是怎么回事?”

珠荣难以理解。

“古人说得好：‘天网恢恢，疏而不漏’。我在洛杉矶偶尔遇到父亲昔日的情人……有一天。我不知为什么，想起了日本，就走到日本街。我在一个很脏的小楼门口，看到那里挂着一个木牌，上面写着‘鹞泽流派舞蹈教授’几个字。这条街从豆腐店到拉面馆、饭堂，从佛龛堂到和尚寺，凡东京下町①有的，这里也有。在这里的舞蹈师匠中还有几个是花柳流派和藤间流派的呢。此外还有花道和茶道的师匠。置身在那条街上，会令人

① 下町：城市中靠近海、河地势低洼的小工商业集中的地区。

忘记是在美国……”

透喋喋不休地谈了下去。

他看到“鹬泽流”的牌子，就不由自主地信步走进。里面一个五十五六岁的自发端庄老妇人，微笑地迎上来，她大概以为透是想报名学舞蹈。

这个老妇人就是鹬泽流派的名取青木柴惠。当透告诉她，自己并非报名者，而是鹬泽流派家元夫人的弟弟富重透时，她睁大眼睛，激动得差一点拥抱了他。

“哎呀！真没想到在这地方见到贞寿先生的儿子！”青木柴惠冒失地大声叫道。

“您说错了，我是富重康信的儿子。”

透纠正对方道。

“所以我才说你是贞寿先生的儿子。瞧，你长得多像他。”

青木柴惠很兴奋，望着迷惑不解的透说：“我虽然记不清你出生的日期，但年、月还记得。”随即说出了透的出生年月。

透不禁吓了一跳。而青木柴惠凝视着透，怀着一种既留恋又悔恨的心情，滔滔不绝地谈了她过去的一切。

原来，她年轻时代，作为贞寿的女弟子兼情妇住在他家里，把自己的青春都奉献给了他。可是后来贞寿移情给富重莳子后，她便像一块抹布似地被他抛弃了。当时她没有为贞寿生下孩子，而莳子却为他生下了。

日本舞蹈界里有一个怪习：女弟子如能为家元或家元的年轻接班人生下一男半女，那就被认为是“最高的荣誉”。

“当时我不认为那些一心追求家元夫人位置的女人是聪明的。家元夫人虽然掌管流派财政大权，可是流派中人与人之间，尤其女弟子之间钩心斗角争风吃醋的关系，会使她寝不安席食不甘味的。与其那样，最好能为家元生一个孩子，终生能为家元所爱，而得到依靠。”青木柴惠道。

因此，当青木得知富重莳子生了贞寿的儿子，并将之加入丈夫的户籍时．她以为从此家元将一辈子珍惜与莳子的爱情而再不理她了。于是，带着被抛弃的内心创伤，怀着对情敌的无比憎恨，离开了日本，去到美国洛杉矶伯父家。其实，当时青木柴惠如果了解到贞寿是一个沉静冷漠的人，舞蹈界的那种陈规怪习并不适用于他的话，她或许并不绝望地甘心败北离去，而会和莳子一决输赢的。

她原来打算在美国住一年后回日本。不料太平洋战争爆发，她作为敌对国的外国人而遭拘留。可是，当战争结束，她准备回国时，伯父又突然亡故．她继承了遗产而不得不留在洛杉矶，于是她就教授起舞蹈来了。

青木柴惠喋喋不休地谈了自己的经历后，像突然意识到似的问透道：

“你难道真的不知道自己是贞寿的儿子吗？要是这样，我真不该告诉你这些话。”

青木柴惠虚情假意地道歉道，但掩饰不住她内心的得意。

“那个老太婆为了泄愤，向我诉说了我的身世……你的丈夫的确是个了不起的舞蹈家，但却不知不觉间被洛杉矶的这个女人狠狠地复了仇。”

透表情冰冷，好看的嘴边泛起轻蔑的笑。

“那么，你也想报复吗？”

珠荣战战兢兢问道，不由觉得心里咚咚直跳。

“不会的……当然，要是年纪更轻时另当别论。可是对于现在的我来说，什么复仇呀，憎恨呀，都是毫无意义的事。尤其他是那样的一个人，对他，我不过怀着一种奇怪的感情罢了。……我只觉得那个老太婆的话很有意思。”

透以平淡的口气答道，随即又饮下一杯凉酒。

“就说你宽恕他了？”

珠荣放心地问道。

“我没想到对他宽恕不宽恕……不过，我倒希望望学到他那种冷酷无情的性格。”

透神情认真地回答。

“那太不容易了吧？”

珠荣叹了口气道。

“是的，这的确是很难的事……老实说，我这次回日本的目的，除了物色结婚对象外，还在于拍摄他那冷酷的表情。要说复仇，也可以说这就是复仇吧。如果我能够用无情的照相机将他隐藏在冷酷表情后的东西照出来的话，我可能会成为世界上一流的摄影家的。”

透表情认真，阴沉的眼睛闪出了灼热的光。

“此刻他像个真正的男子汉，他或许能够成功的。”

瞬间珠荣这样想道。她从透那满面络腮胡子瘦削的脸上看出一个执着地追求事业的男人另一种内心寂寞来。

“比起透，桧垣家那个少爷是一个富有人情味的多情善感的人。”珠荣这样想，“正因如此，我可以充分利用他……”

这时候，亚子和千加两姐妹兴冲冲地跑进来。她们从女佣人那里听到“小舅舅”回国了，赶来看望他的。

可是，当她们看到 4 年不见的舅舅完全变成了一副美国“嬉皮派”的样子时，显得不知所措了。

“你们两人都变成这么漂亮的姑娘，我差一点都认不出来了。”

透也站起向她们问候，然后以年轻人的清爽笑声道。在他去美国前，亚子是结小辫的高中生，而千加是一个剪短发的初中生，但如今都长成亭亭玉立的大姑娘了。这使透感到吃惊。

“舅舅变成这一副样子，都让我们不敢靠近了。不过，据说你拍的照片很出色。”

19 岁的千加还是像个中学生似的笑道。

“是呀，要是能照一张千加的裸体照片就好了。”

“下流！这难道是美国式的问候语吗？想不到过去的美男子的舅舅，现在脸都被脏胡子遮盖得看不清楚了，还加上这口出秽语……这可不好呀！”

千加笑着反击道。

“我跟你开开玩笑……实际上，我照不好裸体像。对我来说，女人是可怕的……我仍然只拍照那些下层人物的照片。”

“这样，我就放心了。不过，舅舅从过去就喜欢在下流社会里混。”

比起文静的姐姐亚子，活泼的千加喋喋不休地说着尖刻的话，令人忘记无情的岁月业已流逝了 4 年。

“你的嘴这么不饶人，恐怕谁都不敢娶你作媳妇了。”

透饮了一口酒，快乐地笑道。

“对了，提起娶媳妇的事，亚子、千加、舅舅这次是为了娶媳妇而回来的。你们的女朋友中，有没有合适的，给他介绍一个。”

珠荣插话道。

“这可不是一件容易的事呀。”千加叉着手道，“我把朋友介绍给他这样的人，到头来会遭朋友埋怨的。首先，我的朋友中没有想在美国待上一辈子的！”

“是吗？这样说，在这方面我要绝望了。”

“是呀。像你这一副模样，又是一个比清扫工强不了多少的摄影家。”

“你的嘴真不饶人。不过这正说明你还是一个孩子，身上还留着少女的残虐性。瞧，亚子毕竟是大姑娘，显得很沉静。”

透把目光转向亚子。亚子像她父亲一样，外表端庄文静，但在文静中令人感到有一股倔强劲。

亚子轻轻地笑了。她那眼里闪烁着一种微妙的光，使透甚至感到眩晕。

而旁边的千加则红着脸反驳道：

“说我嘴不饶人，并非因我年纪还小，而是从我父亲那里遗传来的。

“那，这是为什么？”

珠荣问道。

“父亲一年中心里总是在咀咒人。我是从嘴里说出他的内心的。”

千加以老成的语气道。

“这一回千加说对了！”

珠荣不断点头，内心怀着一种嫉妒感道，“比起我，孩子们更像他。还是他强。”

这时，亚子突然以低沉而有力的声调道：

“如果要的不是非妻子不可的话，我想和舅舅一起去美国。”

瞬间，大家不由愣住了，随着一阵沉默。最初打破沉默的是珠荣：

“亚子，你说什么？你不是在做梦吧？首先，这会给透添麻烦的。不，这是很奇怪的想法”。珠荣道。她感到一种不知缘由的慌张。

透也惊奇地望着美丽的、同父异母的妹妹。为什么亚子突然提出这种要求，他也不知道。

“亚子……难道你不喜欢跳舞了吗？你过去不是很热爱舞

蹈吗？”

他斜着头，客气地问亚子道。

“是的，我喜欢舞蹈，但不喜欢这个家庭……不，坦率地说是这个家庭把我束缚得喘不过气来。”

亚子凝视着透。透感到亚子那双大眼睛里闪出奇妙的目光，触动着自己的内心。

“透，”珠荣以辩解的口气道，“这孩子因为处于青春烦恼期，不过我正为她物色合适的人选……”

“是吗，那很好嘛……”

透含糊地回答。心想这么有名的家元家千金，一定有很多提亲的人。不过看出来，她们母女之间关系大概不太融洽。对于分别4年的她们，自己不了解，因而不便发表看法。这样想着，透站了起来。

“我该走了。我刚才说的关于给他照日常像的事，虽然是无理要求，请你和他商量以后，答应我！”

说着，透轻轻点点头，向门外走去。

亚子在他背后又一次喊道：

“最近我还要和你认真谈一谈呢！”

透回过头，望了望表情不安的珠荣。他的阴暗眼睛里闪出兴奋的光。

# 第四章

## 1

离开日本4年的富重透的突然来访，使珠荣当天不能脱身与桧垣保辅联系。之后两天，她又为处理流派内高级弟子间因争夺弟子而发生的纠纷，无暇与保辅约会。

争夺对方弟子的是一个艺妓出身的47岁的师匠，名叫鹬译佳寿。这个女人在鹬泽流派中是一个被称为“大亲师匠”的，颇有势力的高层干部。佳寿住在神乐坂．她虽然舞跳得很好，教学也有方，但却是一个极为吝啬的“守财奴”。

佳寿很早就和丈夫离婚。她和丈夫之间有一个上大学的儿子。她十分宠爱儿子，虽则是“守财奴”，却拗不过儿子，给他买了辆豪华型汽车。

就是这个收入颇丰的佳寿，最近却从自己师妹鹬泽春香那里，夺取三名即将取得“名取”称号的弟子。

春香住在四谷左门町，年纪不过三十六七岁。由于弟子人数不多，她每次举行须花费100万日元的公演时，也必须有后台老板的资助。可是，她总物色不到很有钱的老板，以致她的弟子在背后奚落她：“我们的师匠也太可怜，总找不到一个像样的固定的老板．每次公演都要换一个……”甚至还有人这样说：“师匠的老板们好像互相认识呢，因为他们都没多少钱，只能每年轮流着给她资助……对师匠来说，虽则令她难为情，但也是没有办法的事，因为她必须靠公演才能在社会上出人头地。”

不管上述的话是真是假，弟子们都这样那样地尖刻地议论她。如果真是这样，春香对那些老板们就没有什么爱情可言了。只要谁给钱，她就投向谁的怀抱，这和妓女有什么区别？其实，她过去是良家妇女，出身在荻洼边的一个大地主家，一度还和一个在东京大学毕业后就职于农林省的官员结过婚。她也没当过艺妓。唉，一个女人的生活方式，真令人难以思议。

至于她和佳寿两人的纠纷，受害者无疑是她。作为教授舞蹈的师匠，其生活主要来源当然是靠弟子了，弟子多多益善。因而，弟子被夺走，无异于被夺走了饭碗。

而且，被骗走的弟子，正准备接受名取考试，即将向师匠缴纳大笔费用。因而春香十分恼火，告到家元那里。

但是，对此纠纷，家元贞寿一概不予理睬，珠荣只好自己一手处理。

“佳寿太不讲道理。她对我的弟子说，家元很信赖她，弟子们到她那里后，马上就可以成为名取，有远大的前途等等，她就这样骗走了我的弟子!”

春香含着泪委屈地诉道。

“佳寿诡汁如果得逞，我就不想活了！这个蛮不讲理的女人，给流派带来极为恶劣的影响，请家元把她开除出流派!”

春香歇斯底里地大叫，最后又补了一句：

“那个女人还逢人就吹，家元和她睡过觉，她在流派里才吃得开。还对我的弟子说，到我那里去吧，肯定有你们的好处。”

“哎呀，我的丈夫对女人简直不加选择了……难道连那样的丑婆娘也沾上手。”

珠荣想着，要是春香所说的是事实，那太不可思议了。但是，她不想责咎丈夫。因为丈夫我行我素，责咎他，他也不会听，倒不如先派人尾随盯梢，如证实有此事，再采取对策不迟。她决定暂且对此佯装不知。

而对佳寿骗走春香弟子之事，珠荣心中愤愤不平。翌日，她把佳寿叫到家中质问。

“怎么？她那样说我……这简直是恶意中伤。事实上，是那三个弟子嫌春香教得不好，无法提高技艺才到我这里来的。我苦口婆心地劝她们回去，可她们硬是不听。春香应该先责备自己舞技太差才对呀!”

这个野心勃勃的艺妓出身的女人，满不在乎，喋喋不休地道。看着她那丑陋的猫似的扁平脸，珠荣不禁想，丈夫要是看上这个女人，那真是一个“好吃怪食”的人了。

“从前。他可是一个喜欢美女的人……如今变得这样，大概是因为年老的缘故吧。”

她这样一想，甚至觉得丈夫是一个孤独可怜的人了。但此刻在佳寿面前，她并不谈及佳寿与丈夫的关系，只是以稍为强烈的语气道：

“事实即便如你所说，你也要尽快把三名女弟子交还春香。否则如引起流派内的不团结，作为一名高层干部的你是要负责任的。再说，若被人怀疑你骗人弟子，对你也是不利的!”

“可是……那是三名弟子的自愿选择呀!”

佳寿以稍不满的口气说。

“你应该知道弟子在从师方面是不存在自由意志的。”

珠荣严厉驳斥佳寿。随即凝视着她，看到她的脸稍露不服时，又尖锐地带着挖苦的口气道：

“当然，我是代表家元对你说的。难道你以为比起我来，家元要更听你的话吗?”

“好吧……为了流派内的团结，我把弟子退还她。”

佳寿终于认输了。

“这就对了。家元最讨厌这类纠纷。要是他知道这是由你引起的，会怎么想呢?”

珠荣乘胜又击上“一棍”后，得意地笑了。

就在这期间，在珠荣毫不知晓的情况下．事态急转直下。

自诩办事果断，机敏过人的权田立泉，令女儿波子把桧垣保辅半强迫性地“请”到世田谷上马的宅邸。

在那间装饰得金光闪闪的客厅里，立泉一边和保辅闲聊，一边观察着对方，当觉得对方外表还算是合格的女婿人选时，突然道：

“虽然你将来是日钢财阀的重要负责人，但我想问你，你还想管理我这权田原流派的财权吗?”

立泉张大突眼，直望着保辅。这是好速战速决的他所惯用的战术。

“可是……这太突然了。”

立泉的话，出乎保辅意料之外。他不知所措，扫了一眼坐在旁边沙发上的波子，回答道。

“让我坦率地说吧，如果你和波子结婚的话，我将把拥有一百万弟子的权田原流派的财政大权委交给你……只是，在我活着的时候，重要的事要和我商量。”

权田原立泉豪爽地笑道。他那貉似的脸上充满了自信，一种信仰金钱万能的拜金主义者的自信。

“但是，我一个人决定不了这件事。首先，我还不了解波子小姐，另外，您大概也还不了解我吧。这未免太仓促了。”

保辅苦笑道。

“你说的对，说的对!”立泉装模作样地说罢又道。“不过我说的都是以后的事，我只是想预先对愿意认真和我女儿交际的小伙子掏出这么知心的话罢了。”

“这是您的自由。”

保辅为了避免上这个“花道界的怪物”的当，故意取冷淡态度。

“但是，我认为男女间不是先了解以后结婚，而是结婚以后才能开始了解……不，实际上，夫妇结婚前，结婚后。乃至到死，都是互相不可了解的……也就是说，结婚的前提不是互相了解，而是门户相当，条件相配。”

“这样说，什么才算是志同道合的爱情呢?”

保辅反驳道。

“条件不相配，是不会产生你所说的爱情的。实际上，所谓爱情，是一种条件相等，平衡的交易。”

立泉微笑道。这时，波子为父亲辩解似地插言道：

“我也这样认为。通过激烈的交易，才能使爱情更深刻。”

“那么，这场交易，我和你条件相当吧？譬如门第和财产?”

保辅没好气地道。

“不！从门第和家产来说，我们比不上你们家，这一点我知道。但是，值得自豪的是我有一百万门徒。也就是从某种意义上说，我是一个拥有一百万职员的大公司总经理。据说，令尊已被财界推选参加竞选，在竞选时，我的这个一百万张选票，可算是一个大数字呀!”

“您是从什么地方听到这个消息的?”

保辅不由得愣了一下，反问道。的确，他父亲保三郎被财界推荐，将出马参加明年春天的参议员的竞选。可是，这是财界首脑最近刚决定的事，连新闻记者也不知道。“花道界怪物”却不知从哪里探听到这个消息。

“这个，保辅（突然立泉这样亲昵地称呼保辅）。我这一百万的门生，分布在各个阶层，各种情报信息都很灵通呀!”

立泉得意地回答道。其实. 当他从女儿口里听到有关她和桧垣保辅的事之后，即开始搜集有关桧垣家的大小情报。

“怪不得，这家伙是个了不起的人物。再说，一百万张选票足能引父亲上钩。”

保辅内心感到一阵不安，说不定，连自己也要陷入这个怪物的圈套。

“我可以为你父亲竞选出一份力。那一次藤本浅先生竞时，我们流派下了指令，并派干部到全国各地活动，使他以最高票数当选……是吗？爸爸，那一次我们可为藤本先生立下了汗马功劳。”

波子兴高采烈地道。

望着外表全然不像其父的波子美丽清削的脸，保辅忽地想：

“他们父女不是不像，而是太像了。我们可能抵挡不住他们。”

于是保辅头脑里闪过和其母外表酷似但性格相异的亚子。

“和守财奴的父亲，冰一样冷酷的女儿相比，珠荣母女至少有人情味。”

保辅急切地想见到珠荣了。要是结婚. 还是娶看来为人实在的亚子为好。如果亚子的母亲不是珠荣，当初我就选择亚子了。这样我就能一心担任日钢财阀的重要干部。

保辅心情越发不平静。话题刚告一段落，他即脱身走出权田原家那充满铜臭味的会客室。波子想跟他一起走，他借故拒绝了。

“其实我今天很想和你单独在一起。”

送保辅到大门时，波子向他瞥了一个媚眼，轻声道。可是保辅想起前几天夜里在饭店里的事，板着脸默默地走出权田原家。

在这一月寒冷的夜晚苍茫暮色中，保辅回头望着宛如古代

“武家屋敷”[1] 的权田原府邸，不禁小声叹道：

“我大概不会第二次踏进这个家门了。”

突然一阵寒气，使他打了一个冷战，忙加快步子往前走。这时，他看到路边有一个电话亭，性急地给鹂泽家挂了个电话。可是不巧，珠荣去电视台了，他又请亚子接电话。

“失礼了。请问亚子，今晚能和我见个面吗？我很想了解你。”

“你真是个放肆的人……我不想见你！”

哑子很冷淡地拒绝了保辅。

2

翌日是星期天。近中午时，桧垣保辅在涩谷的“松涛之邸”给鹂泽家挂了电话。这次，一下子传来了珠荣比平时轻快的声音。保辅迫不及待地说，想在今晚见她。他的声音那么兴奋，连自己也感到奇怪。

“当然可以。我也想和你谈谈……很遗憾，昨晚我不在家。”她那带一点嘶哑的娇声，令保辅简直无法自制，“可是，我可不愿意去前不久那个什么经济俱乐部。”

“因为是星期天，那个地方你想去也进不去。还是去那个饭店吧。晚 7 时，怎么样？”

“好的。”

珠荣笑着放下话筒。

可是午后不久，桧垣家来了稀客。他就是桧垣保三郎的前辈重村毅造。重村是财界要人，现在他把公司让给儿子经营后，退居二线，但仍和桧垣保持亲密关系。

重村毅造坐了约莫一个小时，就匆匆回去了。之后，保辅

---

① 武家屋敷：古代武士的宅邸。

被父亲叫到书房。父亲非有重大事情，是不把家人叫到书房的保辅胆怯地走了进去。

身材高大肥胖的保三郎坐在靠窗户的那个特制的大沙发椅上，光秃秃的头朝着门口。

只上过小学的保三郎，却意外地很精心地布置他这间书房，靠墙壁高级的书架上整齐地摆着主要是经济方面的大部头书籍。当然，这不是为炫耀自己的装饰品，事实上，从小少教养的保三郎 40 岁出头以后，一时心血来潮，突然开始发奋读书，变成一个设其勤奋的“学者”，攻读起深奥的经济理论书籍来了。

保三郎原是桧垣家的入赘女婿。他小学毕业后，即到桧垣铁工所当学徒。因他臂力过人，干活认真勤奋，很得老板的赏识。在保三郎 30 岁的时候，老板把独生女儿嫁给他，招他入赘，战时，他鼓动岳父接近、巴结军方，倒卖军队从南亚掠夺来的锡和锰，赚了大钱，大大扩大了企业，之后将铁工所改名为“日本钢业”。

战后，他接替患肺癌死去的岳父，担任公司总经理。随即，他突然又经营不动产，大量购买贱价的土地，在地皮价格暴涨后甩手卖出。在这前后，他又巴结上驻日美军司令部，在朝鲜战争中倒卖军火。由此，企业迅速发展，他一跃成为日本财界实力雄厚的大亨。

他虽已年过六旬，但事业欲依然十分旺盛。他把经营范围不断扩大，钢铁、造船、移动住宅等，使日本钢业成为日钢财阀。最近，他插手第三产业，大量购买经营不力的东方饭店的股份，企图将来把饭店买下来。此外，又计划在伊豆半岛建设特大型观光游乐中心。由于战后他所购买的大片土地价格暴涨，使他有足够的财力来实现企业方面的野心。此外，他最近又遏制不住名誉欲，准备明年春天参加竞选参议员。

保三郎虽则是独断专行的人，但在经营方面又十分灵活。在财界他是最早引进电子计算机的。他用人唯贤，把有才干的职员提拔到公司甚至专务董事这样的高层领导岗位，使他们充分发挥作用。而对于缺乏才能的兄弟以及其他亲戚，从不委以哪怕一般的职务。

他紧紧掌握日钢财阀三分之二的股票，并且打算指定现在担任日钢本社一课课长的长子保大为自己的接班人，他还想把计划建立的游乐中心将来交给保辅。

保辅走进房间。保三郎抬起光秃秃的头，厚厚的血色不好的嘴唇泛起微笑。

“听说，你和权田原流派家元的女儿在谈情说爱。”

“怎么……”

保辅愣了一下，望着父亲那顽笑的脸。

保三郎没有叫站在面前的儿子坐下，慢条斯理地道：

“重村先生难得来家一趟，就是为了谈这件事。他是受他老朋友权田原家的委托来提亲的。”

立泉开门见山地道，这使保辅吃了一惊。

“他们就要为这件事谈判了。”

保辅想起把女儿的婚事作为一种交易的立泉那可憎的表情。

“据说，你把那姑娘带到饭店了。”

仿佛谈话的对象不是自己的儿子似的，保三郎的嘴唇露出一丝卑猥的笑。保辅答不上话来，他对传话者感到恼火。

“虽然进到饭店，但我们之间没有关系。”

说毕，保辅意识到自己的回答是多么愚蠢。

“怎么，你让她给甩了?”

“不……是这样……”

保辅说不下去了。那天晚上的事，他怎么能说出口来呢。

“不管怎么样，你也该成家了。”

保三郎突然严肃地道。保辅从以往的经验中知道，父亲这句话无异于命令。可以想象刚才重村老人是如何游说父亲的。立泉的百万弟子对他竞选参议员以及对顾客多多益善的计划中的伊豆游乐中心是多么重要的。

“这两个暴发户，以我作交易，携起手来了。”

保辅想笑，又想大声呼喊……但只是嘴唇颤动着。

“对方希望尽快把婚事决定下来。”

保三郎以已经答应了的口气道。

“但是……”保辅欲言又止，之后，鼓起勇气断然道，“实际，桂子所学习的鹬泽流派的家元，也给我介绍了他的女儿。”

听着，保三郎摸了摸自己滑溜溜的光头，扫了儿子一眼：

“可是，鹬泽流派从未向我提过亲……那个流派有多少弟子?”

保三郎认真地问，似乎弟子的数目是婚事的先决条件。

“具体不太清楚……大概有六七万人吧。”

“是全国的吧，那就不行了。”

“像原田权流派那样的花道流派，弟子人数是越多越好……可是舞蹈流派却不尽然。鹬泽流派家元收入相当可观。再说，鹬泽流派家元的小姐看来和我合得来。”

“我没问你喜欢哪一个姑娘或和哪一个姑娘脾气相投。我对这样的事不关心。”

保三郎冷冷地斥责了保辅，随即又摸着秃头道：

“怎么样？先征求你母亲的看法吧!”

说着，他慢吞吞地从位子上站起来。

保辅望着父亲走出书房后，像瘫倒似地坐到椅子上。随即，脑海里浮现出珠荣的倩影。他想，和权田原波子的婚事，如继续谈下去的话，像珠荣这样的女人是不会沉默不管的。

“我究竟怎么啦？像足球似地，被人踢过来踢过去。”

他为自己的脆弱感到焦急和不满，为父亲无视自己的意志感到耻辱，而特别痛苦的是这种耻辱始终无法解除。

当天晚上7时，桧垣保辅忧心忡忡地走进东方饭店1205房间，看到依然满面春风的珠荣正在等待他时，不禁牢骚道：

“我好像被人当作一个足球了。”

“怎么了？瞧你闷闷不乐的。”

怀着一种期待而兴奋不已的珠荣，见到保辅这副表情，宛如被泼了一盆冷水，以责问的口气道。

“反正迟早要让你知道，那么现在我就直说吧：今天，权田原家派人到我家提亲……”

保辅一五一十地把经过告诉了珠荣。

“怎么，竟然登门求亲了！”珠荣叫道。她颇后悔被人先下手，心情一下子失去了平衡。“那么你拒绝了这门婚事了吧？”

“重要的不是我同意不同意，关键在父亲。只要是他感到满意，那就算决定了。我的意志，他从来不理睬。”

保辅自嘲地说。

“这么说，令尊对这门婚事感到满意了？”

珠荣皱着眉头道。

“我想他是感到满意的。他对我说，试试看吧。”

“就说这一句？”

“这就够了。我父亲对我们的所有问题总是以这样的一句话一锤定音。”

“即便过去他是这样，那么现在为了我，你不让他这样，可以吗？再说，他虽然感到满意，但毕竟还没最后定下来吧，也就是说，我和权田原家谁胜谁负还没最后决定。”

珠荣细长的眼睛闪烁着热烈的光。她紧绷的脸涨得通红。这种挑战的表情，使她显得更美，更富有女性的魅力。

“那么，你要我怎么样？”

保辅对珠荣的这种魅力感到有点儿动心，他胆怯地问道。

“你真是太软弱了，这是你最大的缺点。”

“这主要是因为我不敢与父亲为敌的缘故。难道，你甚至不惜得罪我父亲吗？”

他以试探的眼光望着她，问道。

“如果你作为亚子的丈夫，那我还是不得罪她的公公为好。但如仅仅作为我的情夫，我就不理睬令尊的态度了。”

珠荣眼睛里闪耀着顽皮的笑。“那么，你想我成为亚子的丈夫呢？还是希望继续作你的情夫？”

保辅认真地问。

“两者都希望。”她很干脆地回答，“所以我才很想见你。”

“两者……你真是贪心不足。这是做不到的事。”

保辅苦笑道。

“我要你二者兼得。”珠荣执拗地重复，“上次我见你以后，就想过，你即便和亚子结了婚，我如果愿意的话，我们还可以保持这种关系。”

令保辅出乎意外地，珠荣这样回答。

他吃惊地望着她。她细长的眼睛里闪着异样的光。

“你……你竟然有这种想法！这对得起亚子吗？”

保辅提高声音道。

“是的，可能是对不起她。但也不见得是坏事。因为我不想失去你。当然，我们可以不让亚子知道嘛。”

“竟然有和自己女儿的丈夫发生关系的母亲！”

保辅小声叫道。

“可是母亲也是普通的女人嘛！我想，重要的是，我们的这种关系对你和亚子来说反而是好事。因为我知道你即便和亚子结婚，也肯定会沾花惹草的，和你发生关系的别的女人定然会破坏你们的家庭。因而，你在和亚子结婚之后，我继续保持与你的这种关系，对你们来说是安全的，可以说是有益无害的。”

珠荣眼露妩媚的光。其神色令保辅也难以琢磨她究竟相信自己的“理论”到什么程度。

“但是，这是被人认为最可耻的关系，它意味着你背叛自己的女儿呀。”

保辅口头反驳，心里却可怕地感到自己被这个女人异常的执拗的热情所打动：她为了牢牢地拴住自己，竟提出这种超越常规的令人吃惊的建议。

这时候，你即便斥责她没有伦理道德观，大概也不管用了。因为世上的所谓伦理道德观，仅仅是对人的一种单纯的约束，而不是绝对的一成不变的东西。反之，它有时却像盖子似的，把人的真实的东西封闭住了。保辅情不自禁地这样想道。

保辅强烈意识到自己正干着一件与社会伦理相悖的事——和一个年纪比自己大十多岁的有夫之妇通奸。大概以此可以观察到人类的真实吧。

这样想着，一种激情突然向他袭来。他紧紧地抱住珠荣，深深接吻。他们躺到床上。

“保辅……”

珠荣眼睛潮湿了，浑身颤抖，气息急促。他情不自禁地脱掉了她的衣服……

“我们已经相隔许久了吧。”

身体分开时，珠荣以一种事后回味的口气道。

“你真是一个令人感到又可怕又可爱的女人!”

保辅长长地叹了口气，道。

“那么，请你听我的话吧：和亚子结婚，同时继续保持我们这种关系。”

“好，我算服输了……可是怎么说服我父亲呢?”

保辅胆怯地道。

“一切包在我身上好了。”

“你有信心?”

“不能说有信心，只是试试看。”

“可是，别闹出人命案来!”

保辅提心吊胆道。

“这点你放心，你不想惹出使你麻烦的事。”

珠荣再一次表现出带有一种冷酷的美的挑战的表情，望着窗外。

3

不出保辅想象之外，鹬泽珠荣首先把攻击目标对准权田原波子。

当珠荣从保辅口里知道，他曾带波子进过东方饭店那间房间之后，就决定以这间房子作为她和波子见面的场所，为的是提高舞台效果。

于是她给波子挂了电话。当然说出了自己的名字，但不提那间房子。

“我和你谈谈有关桧垣保辅的事。当然有涉及你本人的重要的问题。请你务必在明天下午 5 时至 5 时半之间到东方饭店大厅后的吃茶室去一趟。”

说毕，她不等对方回答就放下电话。

翌日，珠荣提前来到饭店的大厅。

5 时 20 分左右。权田原波子来了。她身穿刺目的鲜红色超短裙。外披水貂皮短大衣，带着几分紧张的表情，走进大厅里面的吃茶室。当看到坐在窗边的珠荣时，就晃着身子走过来，一本正经地问：

“是鹬泽珠荣太太吧，我是权田原波子。你那神秘的电话，很使我费解，我可不喜欢你这样做。”

珠荣坐着，只是带着几分挖苦的神情微笑着望着对方。

“可是你来了。由此观之，你是不会不听我的话就回去的。”

“我之所以来，是因为对你感兴趣呀！我经常听到有关你的种种有趣新闻。”

波子以揶揄的目光望着珠荣，慢慢地坐在椅子上，表现出狂妄的样子。无怪乎是红极一时的权田原流派的家元接班人。珠荣心里这样想着，未等波子坐稳，就冷冷地道：

“因为是比较微妙的问题，我已经订好了一个房间，我们到那里谈吧。”

依然是未等波子答话，珠荣就一下子站起来，催促着。波子面露奇怪的神情，两人走出这间坐着不少外国人的吃茶室。

走到电梯口。那里站着一个身穿蓝制服的男招待，是珠荣认识的。男招待很客气地向珠荣躬身致礼。珠荣想起，好像有一次，这个招待员把酒醉的保辅送到房间后，她曾给他小费。

“鹬泽太太，你好像经常来这个饭店吧?”

“有时。”

珠荣眯着细长的眼睛笑着回答。

走进电梯，珠荣按自动按钮 12 层时，她看到旁边的波子肩膀突然颤抖了一下。

“好……看样子，你还要更发颤呢!”

一种嗜虐心理得到满足似的，珠荣内心道。

到了12层，走出电梯，踏着厚厚的地毯，穿过静静的走廊，珠荣把波子引到1205号房前。

“你知道是谁包租这个房间吗？是桧垣保辅！”

珠荣故意这样说着，以一种猎手追捕到猎物的目光望着波子，随即从手提包中取出刚从服务台拿到的钥匙，打开房门。

“请进！”

向着显得十分尴尬的波子，珠荣以明快的声音道。被这样一叫，波子虽然现出胆怯的神情，但随即挺胸跨进屋内。

关上房门，珠荣请波子坐在椅子上，自己则坐在床角上。

“你见到这情景，该不需要我解释什么了吧？”

珠荣轻视对方似地，嘴唇边泛起一丝微笑。

“你把我带到这里来，大概心里也不是滋味。你是想让我知道保辅和你的关系后，自动地退出来是吗？”面对珠荣恶意的挑战，波子脸色发青，表现出强烈的敌意，“可是鹬泽太太，你想错了，这对我，不，对我和保辅有什么关系？”

“哎呀，难道你能对这事实视而不见吗？”

出乎意料地受到波子还击，珠荣显得有点焦躁了。

“事实？这是过去的事实。这个房间是你和他过去的遗物，记忆的废墟罢了，对此，我毫不介意。”

波子的樱桃小口故意泛起一种不以为然的冷笑。

“噢，看来你对保辅和我的关系，要装聋作哑了？为了赌气，你是不顾后果了？”

珠荣生气地望着波子。

“是的。事情到这地步，和你决一输赢，是很有意思的事……再说，重要的是，不知保辅究竟选择谁呢？”

波子下了决心似地。平静地道。

“看来你有足够的自信心和我斗到底？”珠荣冷笑道。

“是的……和我比试，你是徐娘半老了，无论怎样化妆，再厚的脂粉，也掩盖不住那老太婆的脸了。”

波子反唇相讥。

“是的，你可以算是个年轻漂亮的姑娘。可是，正因为年轻，你和我相斗，所受的损失就越大。”

“这是什么意思?”

波子好像已挽回劣势似地，显得平静地问。

“譬如说”，珠荣有意识冷静地说，“我要和你闹，就得利用一切可利用的东西，甚至舆论界。当然，那样一来，给千方百计搜寻‘丑闻’的报刊提供了机会，它们必须会登出什么‘女人丑恶的争斗’之类的文章。那时候；你所受的创伤大概要比我深刻的多了。”

珠荣以威胁的口气说。

波子盯着珠荣，似乎想从她的表情看出她说的以上的话是否出自内心。

“你大概怀疑吧……可是你想一想，像我这样年纪的女人，经验比你丰富，且性格顽强，完全能够对付丑闻，反之，还要加以利用，使之变成对自己有利的武器。而年轻的你，是完全做不到这一点的。你有可能被丑闻击垮，一蹶不振……这样一来，就难以找到如意的，特别是令尊所希望的那样的丈夫了……”

珠荣以郑重的语气道。她是攻击型的女人，在和对方较量而占主动时，变得越发能言善辩。这一点和普通的善于保护自己的贤妻良母型女性恰恰相反。

波子感到有点项不住了，她低下了头，可是随即又扬起头道：

“可是，如果把保辅卷到丑闻中，那你们也不得不分手吧。”

“是的，这一点我意识到了。可是，为了击垮你，我在所不惜。”

珠荣为了刺激波子，故意这样说了后，又哈哈大笑。可实际上，她的内心却是极不愿意出现这样的丑闻。因丑闻而使保辅离开自己的女儿亚子，这与她的内心愿望相违。那样一来，她为了使鹬泽流派变得更加强大所作的努力，不是付之东流了吗？她之所以说这些话，不过是为了威胁对方，使对方因而从保辅身边退缩开罢了。

“那么说，你不是为了爱情，而仅仅是为了意气和我决一胜负的?”

波子露出轻蔑的神气道。

“爱情和意气，有的时候是一致的。你不懂这一点，就算不得是一个真正的女人。”

珠荣笑着道。

“和你这样的人谈话，实在没意义。你实在要凭意气和我斗，那我只好让我父亲来和你谈了。”

波子终于抬出了她父亲立泉。本来，和保辅的婚事，是父亲一手操办的，如今，杀出这个蛮不讲理的女人，也还是请父亲去对付她吧。

“当然，我原来就想过，和你如谈不出结果，就去见立泉先生。”珠荣又冷笑道，“可是，我想立泉先生也不是我的对手。他为了高价出售自己的女儿，不惜让她做了人工处女膜。只要我把这件事抖出去，那他就成了人们茶余饭后谈笑的资料了。”

珠荣说毕，故意显得开心地笑了。她给了对方惨重的一击。波子怒从心头起，她没想到，珠荣竟然连她这么避讳的事部知道。她对把这样的事都告诉珠荣的保辅生气了。而且，保辅可能就在这个房间，这个床上说着半开玩笑的枕边话时，告诉给这个女人的。这么一想，愤怒变成了屈辱感，她全身不禁颤动起来。

“可是，她这样一个 40 多岁的女人，竟然有力量把保辅如此紧紧地束缚住呀。”

一种蒙受耻辱的失败感，使波子对自己也感到愤怒和可悲了。

但是，她不能就此夹着尾巴逃走，那样就意味着自己的失败，会大大损害业已派人去桧垣家说亲的父亲的声誉。

“……以后的事，只能由父亲办了。”

波子内心感到自己实在对付不了这个如张牙舞爪的黑猫似的珠荣，而感叹道。

“而且，权田原小姐，”珠荣又恢复平静口气，侃侃而谈。“那个保辅，虽然外表是个像样的男子汉，但性格上却是个优柔寡断的懦夫。像这样的男人，是不足作你的丈夫的，因为他指挥不动你们那拥有百万门生的流派。”

的确，这是发自珠荣内心的话。像权田原流派这样拥有数量庞大弟子的流派非立泉这样的男子汉是操纵不了的，而保辅无能为力，充其量当个徒有虚名的家元罢了。

而门生只有 7 万的鹂泽流派对他却是合适的。因为性格脆弱，办事优柔寡断，在这人与人之间关系十分阴险的舞蹈社会反而吃得开。若性格泼辣，办事干脆利索，在这个节奏感缓慢，女人们都很含蓄地表现自己魅力的舞蹈社会却往往遭到排挤和打击。那些想拼命往上爬，阴阳怪气的女人，会时时向他放冷枪暗箭的。

作为舞蹈名家的贞寿，是一个彻头彻尾的利己主义者，他对一切事要么采取冷漠超然的态度，要么故意装得不偏不倚或优柔寡断。这样，流派内所产生的纠纷，反而因为有这样的家元而自然平息，贞寿反倒过得很舒畅。因此珠荣认为性格软弱的公子哥保辅，或许是亚子丈夫的合适人选。

“所以，你的丈夫，”珠荣道，“要么是那种有大志、有魄力的男子汉，要么是忠厚老实，办事认真的人。在这方面，我可以助你一臂之力，我可以从你所向往的财阀门弟中物色合适的人选。”

珠荣得意忘形地道。

“太感谢您这番深情厚谊了，可是您大可不必费心!”

波子怒道。她感到自尊心受到了创伤。

“我要回去了，您等着瞧吧。”

说着，波子绷着脸，咚咚地走出房间。

“不管怎么样，今天挫了这小妞的锐气。”

珠荣心满意足地想。她躺到床上，伸了伸懒腰。

“这样，我就可以轻轻松松地在国立剧场跳舞了。”

珠荣想象着那天自己优美的舞姿，高兴地笑了。

4

笼罩在淡白色灯光中的观众席，不时地掀起一阵骚动或响起一阵掌声。舞台上，由各流派选拔出的优秀舞蹈家，在三弦、大鼓、小鼓的乐曲和民谣曲的伴奏下，优雅、熟练地翩翩起舞。在不断变换的布景和聚光，衬托出她们优美的舞姿。

任何一个女人，经过精心化妆，穿着鲜艳的舞衣，在白色聚光下都会变得无比美丽多姿。因此，甚至很丑的女人，都能充满信心翩翩起舞。

不仅所有的女人对这种变幻的美十分神往，就连一些男人如前外务大臣大友定行，也为女儿的表演而感动不已。

大友品子像她父亲一样，是个长一双三角眼，脸像狐狸，面貌相当丑陋的姑娘。后来，她进到鹬泽流派学习舞蹈，几年前取得名取的资格。当时，当然也举办了公演会。大友定行拗不过妻子和女儿的纠缠，掏出了100万日元作为公演会的费用。

公演当天，当大友定行带着两位亲信到了会场，看到台上的女儿时，他甚至怀疑自己的眼睛了。舞台上的女儿变成了判若他人的绝代佳人，而且一举手一投足的舞蹈动作是那么优雅，是平日在家中从未见到过的。

“真像天女下凡，花100万元，值得。”

大友情不自禁地对身边的亲信道。

之后，珠荣又听到大友这样说时，微笑道：

“舞蹈的美，是其他任何艺术所不能比拟的。因而连您也被它的魅力所吸引了。”

不久，大友定行高兴地担任了鹬泽流派后援会的会长。

当然，观众席的景象也不亚于舞台。各流派的女弟子们身着各种盛装，坐得满满的，如花圃的簇簇鲜花。她们之中，有名门闺秀，贵夫人，有艺能界女演员：也有艺妓。大家都聚精会神地望着台上。2月份，会场外虽寒风凛冽，而室内春光融融，馨香满室。

观众席中有人和着台上舞曲，用手打着拍子或有节奏地敲着膝盖。坐在后排的，大多拿着小型望远镜观看。

舞蹈会以萩江节的“钟的山顶”开始，紧接着是清元“梅历”、长歌“贱机带”、“鹭娘”，地歌“山姥”，清元“雨的权八”，义太夫“乌边山”，长歌“三人道成寺”、“小袖曾我”，常磐津“独乐”，之后就是鹬泽珠荣的“喜撰”。

珠荣感到这次跳得十分满意。她尽情地跳。把喜撰法师在祇园赏花时那种边歌边舞的超然飘逸的神态充分表现出来了。在整个舞蹈中，她完全忘记了丈夫所说的“不能故作姿态地表现魅力”、“控制人为的魅力”、“跳起来要像浮在水面的一朵花一样随波逐流”，这些话。可以说，这也是今天跳得成功的一大证据。

她汗流浃背。当她戛然舞毕时，会场响起了热烈的掌声，天幕开始垂下。就在这时，她看到丈夫在舞台侧幕边正凝视着她。

“今天我跳得不差吧？亏你平时的指教。今天我完全克服了平常故作姿态，人为表现魅力的缺点。”

珠荣用顽皮的目光望着丈夫，心里道。可是，贞寿刚才那种热烈的目光，好像突然变得冷漠了。

珠荣没去卸妆，向贞寿的方向走去。她看到他嘴动了一下，要向她说什么。这时他身边的几个弟子跑了过来。对珠荣夸奖道：“您跳得太好了……太成功了。”

就在这时候，贞寿从舞台侧幕向后台走去。珠荣从他直挺挺的背影惊讶地感到一种从未有过的孤独感。

贞寿停住脚步。一个艺术报刊的记者走到他身边，向他说了什么。可是，贞寿好像不理睬记者似的，迈开步子离去。那个记者执拗地缠着他……

珠荣被弟子们前呼后拥地围着，沿着细细的走廊快步向后台走去。她想哪怕听丈夫说一句话。可是丈夫又不见了，他可能被那个记者拉到什么地方去了吧。珠荣想，卸完妆后，再慢慢地听丈夫的评论也不迟。

走进后台时，那里有 3 个平常认识的文艺报刊记者在等待珠荣。珠荣以为，他们会向她说些动听的称赞的话，便停住了脚步。可是，一个年纪较大的叫津山的记者却对她说：

“鹬泽太太，有个秘密的事……”

津山那洼下去的眼睛里闪着光。

“什么事呀，等我卸了妆之后再谈吧。”

珠荣不高兴地说着，走进后台。后台的人也都称赞她的舞技。

“跳得真好，风格和您的家元一个样。”

水村流派的家元水村红舟道。她是昭和初期，电影由无声进入有声时红极一时的艺名为栗田须磨子的女演员。除了她故意大声地称赞珠荣外，其他流派的师匠们也都对珠荣赞不绝口。

珠荣一边卸下舞妆，对着镜子擦去厚厚的脂粉，一边沉浸在一种快乐的满足感之中。可是，她突然想起刚才见到的那位记者。

“秘密的事？……怪不得刚才一个记者缠住丈夫……”

这样一想，她赶紧换上衣服，把刚送来的。里面装着流派弟子们赠送的祝贺礼的盒子交给波崎叶子，向后台的其他流派人士一一道别后，走出去。眼睛总是显得浮肿的波崎叶子要陪珠荣一起走。珠荣没有同意。

“究竟什么事呀，瞧你装的那副神秘的样子。”珠荣向津山记者叫道。

“请到那边谈吧。”

说着，津山和另两个记者引珠荣来到前边休息室的一个角落。

休息室只有他们 4 个人。从舞台上传来“喜三之庭”舞蹈中三弦和小鼓的伴奏声。

“实际上是关于您的一个奇怪的传闻。”

平常受过珠荣或多或少甜头的津山记者较为客气地小声道。随即，他告诉珠荣，他的文艺体育报社和另两个记者的文艺周刊杂志，可能还有别的周刊杂志社接到一篇奇怪的文章，其内容是：日本舞蹈界的名流年届 40 的鹬泽流派家元夫人珠荣，因比她大 22 岁的丈夫不能满足其性的要求，就勾引上财界的巨头桧垣保三郎的次子，28 岁的桧垣保辅。他们幽会的地点是桧垣家拥有资本的位于赤坂的东方饭店。两个人夜以继日地在该饭店 12 层的 1205 房间寻欢作乐。

“这纯属谣言！”

珠荣面不改色地道。

“可是鹬泽夫人，很遗憾，您大概不能瞒住这个事实了。其实我们编辑部接到这篇怪文后，即拿着您的照片去东方饭店核实，结果一楼电梯口的男招待和 12 层的女招待都证实您是 1205 房间的常客。”

津山的洼眼露出爱莫能助的神色。

“那么你们辛苦了。”珠荣挖苦道，“……可是，不管男女招待员证实与否，我是不接受你们的采访的。你们如果刊登那怪文章，我要以诽谤罪控告你们。再说，首先桧垣家也不会保持沉默。”

珠荣睨视着记者们。

“我已经意料您会这样说的。”津山右边那个穿高级浅蓝色西服，结粉红色领带的年轻记者道；“我们也不会傻到让您能控诉的地步。我们要再三调查后，掌握了可靠事实后才报道的。”

他用滑溜溜的口气道。

珠荣感到有点害怕了。

“可是，您能告诉我们，究竟是谁散布的这样卑劣的文章?”

另一个说话时露出牙床的 30 岁左右的年轻记者道。他讨好似地望着珠荣，显得有点疲遢的样子。

“你问的未免太可笑了，我怎么知道?”

珠荣尖声道。

“你想从她口里得到这方面满意的答复是不可能的……如果是由于三角关系的原因，可以从桧垣家的二少爷那条线去调查，要是出于对鹬泽夫人怀有怨恨的女弟子的报复，可以慢慢地从鹬泽流派的内部慢慢查……不管怎么说，该流派的家元是个登徒子似的好色之徒，因而那里的女人之间出现争风吃醋的事，也不足为奇。”

另一个年轻记者对珠荣视而不见似的，滔滔不绝地道。这令珠荣大为不快。

当然，珠荣很清楚怪文章的出处在权田原家。虽则她知道权田原的为人，但她绝没有想到他们采取写这样匿名文章的卑劣手段进行反击。

采取这种手段，究竟是权田原立泉决定的呢，还是气疯了的波子独断的行为呢？现在一时难以知道。可是，对于他们如此迅雷不及掩耳的反击，珠荣内心感到惊慌了。

而且，就在前天，珠荣还威胁波子“甚至利用舆论界”制造丑剧搞垮对方，可是如今对方反而先下手，以其人之道反治其人之身了。

“我是多么愚蠢呀。”珠荣想道，“要是这样下去，被丑闻搞垮的似乎是我了。”

珠荣苦笑了。随即她又奇妙地自我安慰道：我大概是办事过于谨慎、心地善良的人吧。

权田原父女既然散布这样的匿名文章，那就说明他们已打消波子与桧垣保辅结婚的念头。但也不能以普通的人情常识去猜测心毒手辣、贪心不足的权田原立权的心理。

他们或许暗中把保辅推入丑剧的泥坑，在明处却又拉他摆脱困境，使桧垣父子对他们感恩戴德，从而达到结婚的目的。

这样一想，珠荣的头脑变得混乱了。但有一点是肯定的，这个丑闻传开，将使亚子与保辅结婚的希望破灭。

“要是这样，我只能向社会揭露，这卑劣的匿名文章是权田原立泉父女所散布的，还要揭露波子的假处女膜的事。”

可是要证实上述两件事又何其之难。尤其假处女膜的事，正因为可笑，反而不为人们所相信。另外，这件事是波子告诉保辅的，倘若有关部门叫保辅作证，这使保辅更为尴尬。而且，他大概是不会给作证的。

“我对权田原父女的卑劣行为，采取什么报复行动呢?”

珠荣陷入了沉思。刚才她差一点把波子的假处女膜的事告诉记者，现在她打消了这种想法。她要深思熟虑，想出稳妥的办法来对付目前的处境。

“我不愿再说别的话了。”

她郑重地对记者们说，然后离开那里。舞台上依然传来动听的琴鼓声。但她已经感到像从遥远的地方飘来似的。当天晚上，珠荣被丈夫叫到里面的客厅。

贞寿的脸依然平静冷淡。丝毫没有要责备妻子的意思。

“我已经知道匿名文章的事。你究竟干了什么事，现在责问你也没有意义了。不过，你这次是惨败了。”

“实在对不起……我干了使您丢脸的事了。”

珠荣深深低头谢罪。

“我不认为是这样。舞蹈界的人不应对‘丑闻’过于敏感……我不需要你作详细的说明，但我知道，你把女人的魅力和策略混合在一起了。其实，我非常讨厌‘美人计，这个字眼，在我看来，魅力只用于寻欢作乐的时候，而策略是用来对付他人的。”

贞寿以平淡的口气道。但是比起平常来，珠荣觉得他话语中有强词夺理的意思。

“看来，这次他内心失去平静了。”

珠荣看出贞寿那平淡的口气是耻于感情流露的他强装出

来的。

“桧垣夫人给我打来了电话。她很客气地向我表示道歉，说她儿子给家元夫人带来了麻烦……她说她女儿不能学习舞蹈，看来这是不得已的事。”

贞寿的眼光中稍稍流露出不安的神色。

“对不起……”

珠荣小声道。

“这件事，你也不必惊慌。充其量不过是男女之间的情事被暴露出来罢了。你过去不是也发生过这样的事吗?”

贞寿笑道。

“可是，这次我誓不罢休。匿名文章是权田原父女散发的，我一定要给予狠狠的报复，以出这口气，请你给出个好主意吧。”

珠荣道。口气充满了委屈。

“在这种时候，非十全的计策往往导致惨败。你倒不如保持沉默，以躲过这个风头。”

这句话反映了他的人生哲学。保持“与世无争”的平静心理，使他能够避免与人的冲突而平静地生活。对于这种生活方式，既使珠荣向往，又使她难以接受。

“可是令人痛心的是，”珠荣道，“亚子这桩合适的婚事看来要吹了。”

“是的……可是这事吓了我一跳。你怎么想让女儿和自己的情人结婚呢？这是一个相当大的冒险。当然你的心理我理解，用一句深奥的话来形容，你是想谋求‘爱的永远保持’吧，当初你的母亲就是这样……”

贞寿陷入对往事的回忆，眼睛闪亮着一种兴奋的光。从他的表情上看不出他对他父子过去的所为有所悔过。

“是啊，我似乎也产生过和母亲一样的念头。我摆脱不了她的遗传在我身上的作用了。”

珠荣口气生硬地道。

“可是这事传出去被亚子听到就不好了。”

贞寿道。他表现出一点儿父爱，也表现出一种与此情感相反的好奇心。

的确，这也是珠荣十分担心的事。亚子越来越明显地表示出对母亲的厌恶、憎恨和轻蔑，并且扬言要离家出走，还要求富重透把她带去美国。

“我或许要失去一个女儿了。”

珠荣开始感到恐怖。她渴望自己和保辅的丑事，能够因偶然的什么机会而被悄悄掩盖住。

“……当然，就像不能责怪你的过错一样，现在也不必为亚子担心。”

贞寿好像不愿再谈论这件事似的，轻轻地摇摇头道，“我去练一会儿舞蹈。”说着站了起来。

贞寿为了保持心理的平静，对于此类“麻烦”的事，总是采取回避态度。这常常令珠荣感到难以接受。现在她突然产生一种念头，要打破他这种外表的平静。

“……喂，富重透已经知道你是他的亲生父亲了。他在洛杉矶偶然遇到了你过去的情人青木柴惠。是青木柴惠向他泄露这个秘密的。”

“是吗？柴惠还住在洛杉矶吗？我还以为她回到日本来了。”

贞寿以一种怀念的口气道。而对于透知道了自己的秘密的事则无动于衷。透是否知道自己是他的亲生父亲，对贞寿来说，现在已不算什么事了，他可以一如既往地对待透。贞寿表情平静的脸依然是那么冷淡。最后，他露出一丝微笑，对妻子道：

“今天，你的舞跳得还可以，只是肩膀有一点往里缩……”说着他轻巧地走了出去。

# 第五章

1

鹬泽珠荣十分担心丑事传播出去被女儿亚子知道。幸亏这件事后来未被报道机关公开渲染传播而变成丑闻。据津山记者说，桧垣财阀得知匿名文章的事，大为担心，派手下人四出活动，总算把这件事平息下去。

即便如此，针对这个丑闻，也还是有部分文艺周刊杂志登载了隐晦的小短文。这使珠荣坐立不安。虽然，亚子平时不看上述低俗杂志，但也难以保证她不偶尔接触这些杂志，或别人告诉她有关的这些事。

“万一被亚子知道了，我只好硬着头皮加以否定。因为这类杂志平常就热衷于刊登道听途说的所谓‘名人桃色新闻’。再说，这反而可以增加我的知名度。”

珠荣这样安慰自己道。

她几次给桧垣保辅所在的公司去电话，但都被告知他外出。在匿名文章出现后一个星期，文艺周刊杂志的小短文出笼之后，她和保辅才联系上。

“你是名人，我怕被人看见。”

保辅在电话中这样说道。但拗不过珠荣的要求，终于答应两人在吉山的一处名叫“鸿之巢”的吃茶店见面。

当天，见到珠荣时，保辅板着脸道：

“我对你说过不要蛮干，你不听，结果惹出了乱子，使我被父亲狠狠地训了一顿……女流之争，太浅薄了。”

他忘记了自己是珠荣“作战计划”的参与者，却这样责怪她道。

“实在对不起，给你添了麻烦。是我太天真了。没想到权田原会用这样卑鄙的手段对付我。”

珠荣低头道。同时又一次为自己的失误而生气。

“尽管父亲用了很多钱，把匿名信压下，未被发表。但难以断言他明年的选举不受影响。所以，他气得要命，要我发誓从此不再与你接触，而且还扣了我的零用钱。”

“是吗？但你还是来见我了……”

珠荣高兴地道。

保辅表情暧昧地点了点头。

“那么，波子还纠缠着你？”

看到保辅这种表情，珠荣警惕地问。

“他们好像全然不知匿名信的事似地，继续来谈婚事……我真不知道他父女是怎样的人物。”

“果然这样！”

珠荣咬牙切齿道。她难以想象他们如此厚颜无耻。当初就应该看透他们。

“我母亲见了权田原父女后，对他们不满意，坚决反对这门亲事。而权田原父女也开始对我们说三道四了。”

“那你父亲呢？”

“我父亲却对他们很感兴趣。他虽然猜测匿名信是出于权田原父女之手，但从不谈及此事。他好像期望立泉提出更好的条件。立泉外表是一只貉，而我父亲更是貉，他们是一丘之貉。”

“那就不好了。”

珠荣叹了一声。

“你真是得不偿失了。不知廉耻的人之间相争，比平常人更可怕。”

保辅带着讽刺的口气说毕，苦笑道。在这笑声中，珠荣感到了迄今保辅那似乎脆弱的性格中所隐藏着的冷漠。

“我确实是在不知廉耻的竞争中失败了。”

珠荣自嘲地道。

“不过，这样一来，你就不能干出把自己女儿嫁给自己情夫这样最缺德的事了。”

保辅歪着嘴笑道。

“是啊……这不能不说是一件遗憾的事。”

珠荣低声嘟哝道。

“难道，你还是想以自己为饵，勾引像我这样的男人之后，把女儿嫁给他吗？你真是只可怕的母蜘蛛呀。”

“可是，我对你和亚子的事是认真的。”

“正因为认真，我才感到可怕。我被你迷住后，现在虽想摆脱，可又摆脱不了。岂止如此，在你的导演下，我不知不觉地喜欢上了亚子，甚至还想和她结婚呢。”

他悲痛地低声道。

“既然家庭如此反对你和亚子的婚事，那就不可能再谈下去了。不过，你还想与我把这种关系保持下去吗？”

珠荣以试探的口气问保辅。

“如有可能，希望保持下去，但终不如昔日了。”

保辅表情生硬地回答。随即脸上浮现出一丝寂寞的微笑。

“是呀。”

珠荣低声附和道。的确，她和保辅再也不会像过去那样热恋了。迄今，她是为了把亚子嫁给保辅而纠缠住他不放的，而如今，这方面她已经绝望了，因而以后再也无法像过去那样“爱”他了，就像对别的几位男性一样，把他当作普通情人好了。这样一想，意外地，她对保辅的热情一下子冷却了许多。

尽管昔日他们热恋时的欢愉和陶醉感仍留在她记忆中，但现在她感觉保辅突然变成一个远离她的人了。

“那么，今晚能和我在一起吗?”

她勉强地问道。作为因循旧习的舞蹈界的女人，这不过是对男人的一种体贴罢了。

“很遗憾，我今晚还有别的事。”

保辅向珠荣扫了一眼，不知所措地答道。

“还能见我吗?”

或许再也见不到保辅了。她这样想着，以充满郁怨的眼光望着保辅。

“当然。要是不能见到你，我会发疯的。”

保辅大声道，他表情认真，他说的是真话。可是珠荣想，今后他能否像过去那样随意与她幽会，则是另外一回事了。

两个人走出吃茶店“鸿之巢”，向不同方向走去。在回家的出租汽车内，珠荣突然道：

“……我难道就如保辅所说，今后还会引诱像他那样别的男人，和亚子结婚吗？要是这样……这究竟为什么?”

其实，这是连自己也感到多么厌恶的卑劣的事。

“这究竟为什么呢?”

她心中自问道。

“你是鹂泽珠荣女士吧？我在电视里见到过您。”年轻的司机突然问道。他从反窥镜中看到了她。“您很年轻，真不像40多岁的人。”

司机快活地道。珠荣内心不禁一愣：

“对了，我虽然40岁，但还年轻。这样的我，或许嫉妒即便是自己女儿的亚子的年轻和美丽吧……是嫉妒使我产生那种想法吧……”

珠荣瞬间脸色变得苍白。这是令她难以忍受的可怕想法，令她不敢正视的、难过的事实。于是她觉得自己突然变得老了许多。

珠荣心乱如麻地回到家。在门口迎接她的那位眼泡稍肿的寄宿女弟子波崎叶子告诉她道，家元正在里面的客厅等着她。

贞寿平时不这样等她的。她急忙进到客厅，只见贞寿盘腿正襟坐在客厅的短桌前面。客厅内开着暖气，暖洋洋的。见到珠荣，贞寿冷冷地扫了她一眼，待她坐下，随即从桌上拿起一个白信封递给她。

父亲收亚子

几个端正的钢笔字扑进珠荣的眼前。珠荣心中忐忑不安地望着丈夫。贞寿压低声音道：

“亚子趁我不在家时私自出走了。你看看信就知道了。”

珠荣用颤抖的手取出信。

亚子这样写道：

……我要离开这个家，理由你们知道。我把她叫作母亲，但她不配这个称呼。有关她的丑闻，我已在周刊杂志上看到了。是别人告诉我后，我才看的，登在杂文栏中。我相信刊登的是事实，因为我过去就隐隐约约感觉出来了。此刻，我一分钟也不想待在这个家中，我要寻找一个空气清新的、自由自在的地方。

当然，这将不会是舞蹈界，因为我不能忍受舞蹈界的苦闷、冷酷、可怖的气氛。家元之职，在她之后，就让千加当吧，可是，千加或许会像我一样讨厌她，离开家的。而千加如果一直留在这样的家里，那是可悲的。千加，我把她托付给您了。

记得她曾经说我一个人在这世间不能自食其力，今后我要用事实证明，我一个人能生活——即便生活得不怎么好。

把千加妹妹一个人留在家，我是难过的，希望你们多给她一点普通人家的爱。

目前，我不能没有一点儿钱，所以，我把我的银行存折一一其实是我平时的零花钱的存款一一带走了。请你们不要寻找我，把我带回去，等我住所和工作落实下来以后，会和您联系的。感谢父亲把我培养成名取，但我的舞跳得还不成熟，因而我不会去教人跳舞而有损鹳泽流的声誉，这一点请你们放心。

父亲的舞，跳得令人着迷地好，也许这以后，我会在舞场的一个角落看着您跳的。

最后，请您保重身体……

珠荣眼前一阵发黑，说不出话来。

“你终于把一个女儿给撵走了！”

贞寿依然以一种静静的、但又欠抑扬顿挫，听了令人发颤的冷漠的声音。这是盘踞在非合理的特权家元宝座上的自以为是的人所发出的非常情的声音。

“我……”珠荣话顿住了。停了一会儿又道：“对不起，想不到发生这样的事。”

这时，她突然对丈夫的冷漠产生一种深深的反感。正因为丈夫的冷漠，她才每日忙得团团转，耗费多少精力！她真想从丈夫的冷漠中逃脱开哪怕只有一个瞬间。

她想，丈夫若不是这样冷冰冰的人，她或许干不出这种愚蠢事，从而产生这种可悲的后果。丈夫应该感到他自己也有责任。

“不过，现在的年轻人，”贞寿自慰地道，“自理能力强，所以你不必担心亚子离开家会发生什么了不起的问题。只是这样一个具有舞蹈天才的女孩子，离开了舞蹈界，实在令我惋惜。”

“可是亚子不像别的寻常人家的孩子，她很幼稚无知，所知道的就是跳舞。离开家，难免不吃亏的呀。”

珠荣担心地道。

“可是，人生正如舞蹈，听其自然。你担心也好，害怕也好，怨恨也好，它不会改变的。亚子在这以后会变得成熟的，这可能是件好事。”

贞寿极柔和地回答，令人感到他并没有因女儿的出走而伤心。他是一个不动情的人，这也是他令珠荣伤心之处。

“我现在马上叫人把她找回来，与她好好谈谈，使她回心转意。”

珠荣自信地道。

“你还是暂时不要找她为好。首先，现在她是不会听你的话的，再说，也有必要让她冷静考虑一下，长期离开家庭会产生什么后果。”

贞寿微笑道，但眼睛里却闪着冷漠阴凉的光。女儿离家出走，仅仅使他感到一丝不安，但并没有打破他的内心秩序。

2

珠荣瞒着丈夫，开始寻找女儿的行踪。她动员了所有的弟子和朋友，但毫无所得。她记得亚子对透说过，请透把她带到美国去的话，想找透打听一下，可是透已经离开了富重家。

父亲康信在电话中告诉她，那小子好像对家庭很不满，离家 4 年才回来，可第三天，就背着照相机出去了。偶尔也回家，样子像个邋遢的嬉皮派。据说走遍了全国各地，专摄乞丐、流浪汉、美军基地前的孩子、核爆炸受害者一类的人。

珠荣从父亲的话中听出，透还没有告诉康信，他已经知道了自己的出身真相。于是珠荣就趁势把这件事告诉了父亲。父亲听罢，停了一会儿，道：

“是吗？怪不得有一天，他突然直盯着我，恳切地说：‘谢谢您养了我。’我听了很吃惊，问他有什么不高兴的事，现在看来，那小子对我感到过意不去。可能因为这个原因。他疏远了我们家……其实，当初我抱养他，是有自己的打算的。他感谢我，或者对我过意不去，反而使我感到怪难为情的。那小子比他亲生父亲贞寿善良，现在他还把我当作亲生父亲，因此不愿意把已经知道了身世的事告诉我。”

康信不知羞惭地道。

珠荣没想亚子没有跟透走。于是，她调查了所有平日与亚子有来往的她的朋友。可是她们全都回答说，最近一直没见到亚子。

珠荣开始对因自己的不慎造成大女儿出走感到恼火了。她对女弟子们乱发脾气，还不断责问千加：“你大概知道你姐姐的行踪了吧！”

“母亲，您这是说笑话吧。亚子姐姐从来没有向我透露出一句她要出走的话。她一定是怕给我添麻烦的……不过，她如果和我商量的话，我是不会劝告她不要走的。嗯，说不定我还要和她一起走呢。”

说着说着。千加大声嚷起来。

“千加，怎么？连你也说出这样的话？你如果也背离我，那我只有去死了。”

珠荣大声叫苦道。

“不，背离了我们的，难道不是母亲您吗？我虽然不知道详细的事情，但我是这样认为的。”

千加用责备的眼光望着母亲。她那双吊眼和自己年轻时多么相像呀，珠荣这样想道。

就这样，珠荣采用种种方法寻找女儿，可是毫无线索。她变得越来越歇斯底里了。

与此同时，更令珠荣愤怒的是权田原父女。他们炮制了那篇文章，使亚子出走，岂但如此，之后，他们还恬不知耻地想从珠荣手里夺走桧垣保辅。这是珠荣很早以前就搞到手，并且加以精心保护的猎物。据说，权田原父女正若无其事地和桧垣家谈婚事呢。

珠荣终于遏制不住愤怒了。她不经丈夫允许，暗地用重金收买津山记者和其伙伴写出一篇“花边新闻”，分投到几家二三流杂志：

“……人工处女膜的制造者权田原父女，比妓女和嫖客还低劣的心机。插花界暴发户的丑恶面目，在此暴露无遗。”

文章采用上述标题。十分低俗不堪。内容是描写权田原波子如何和某大亨的少爷在饭店度过一个异样的夜晚。作者在文章后的附注中说，之所以不公开“某大亨的少爷”的名字，是因为他是一个险些中了权田原父女卑鄙的圈套的受害者的缘故。

“人们对我有这样的那样的传闻，对于恶意传闻，我总皋正面进行反击，这样容易遭人责难，但我认为我应做一个光明正大的人。可是，想不到如今我也采用这样低劣的手段。这是由于对方过于恶毒了，我不得不这样报复。俗话说，以牙还牙，以血还血嘛。”珠荣自语道。

她虽然心里清楚，这是自我辩解，五十步笑百步，结局是也贬低了自己，但她遏制不住复仇的冲动。

“花边新闻”起了若干效果。但是，因其内容纯属私人秘事，且当事者男主角为匿名者，无法立证，所以就像珠荣所预测的那样，各大杂志社并不登载。只是二三流的杂志将之作为插花界的桃色新闻，登在了杂谈栏内。

就在这时，一个颇有名气的一般周刊志登出了一篇名为“揭开家元制丑恶的内幕”的文章。与前不久那篇批判日本舞蹈界s流家元的文章相呼应，把矛头指向日本舞蹈界、花道，茶道、书法等各界的家元制度，把“笔战”升级到令人难以思议的程度和转到令人惊讶的方向上。

其文章主要揭露家元制度不正当的剥削性。以“毒台家”闻名的评论家大地新一道：

“这是一种专以头脑简单、反应迟钝、毫无自主性却又虚荣心十足的女性作为盘剥对象的买卖。因而只要存在上述低能女人，家元制这种封闭的日本社会中最令人感到可耻的特殊现象就不可能消失。”大地新一接着挖苦道，“家元的‘秘传’呀、‘名取’呀。无一不是他的专卖品，因而与实际水平几乎没有关系。上述名称具有如此很大的商品价值，真令人不可思议……因而家元类似那种发行假钞发财的暴发户。”

还有一个叫夏木伸的中年女作家，根据自己年轻时代之经历这样写道：

“青春时代，出于虚荣心，我们把多少宝贵年华和钱财花费在什么花道、茶道、舞蹈上。其实再没有比日本的这些所谓女人的技艺更能毒害女人的东西了。这真是女人的‘危险的美的爱好’。对这些技艺津津乐道的女人满以为唯有自己才懂得日本艺道的传统、而恰恰她们愚蠢透顶。正是这样的女人养肥了家元，使之成为超一级的富豪。日本女人所喜欢的这些技艺，本质上是什么？一言以蔽之日：是把日本女性内心世界中的合理精神抽掉的恶习。

“大地新一先生把家元比喻为‘假钞的发行者’，比喻得很妙。可是如果让我说，家元本身就是假钞票。为数过多的家元把日本妇女的头脑都搅乱了，分不清真假来。”

夏木伸以女性特有的观察力，得出如此结论。接着她又在一家颇有影响的妇女杂志上，就茶道评论道：

“据说，茶道的根本理念在于‘和敬静寂’四字。可是，目前却有人提出什么茶道的大众化和国际化，而四出活动，忙得不亦乐乎。第 16 代千长寺流派家元千长寺利云就是此类行动派茶人。其所作所为违背了茶道的理念。

“我有幸见到这位家元。他完全是一副要小聪明的公子哥儿的模样。遇到不好回答的问题时，泛起暧昧的微笑（据说这很令女弟子心荡神驰）。作些抽象的回答，或索性闭口不语。这是旧艺道家元那种任性和自以为是性格的表现。

“可是，京都千长寺家的大门总是敞开的，好像给人以自由轻松与恬静平和相调和之感。但我总觉得是为了给人以买卖兴隆的印象。

“千长寺流派，善于从别的流派中挖走有名人的弟子，如大空雀子这样的流行歌手，却美其名曰是他们主动靠近本流派。其实这恰是‘行动派茶人’的拿手行为。

“千长寺流派号称拥有 100 万至 200 万的弟子，其实就像其理念一样，这数字也很暧昧。他们可能为扩大该团体的影响，而杜撰出来的。他们还说该流派具有教授资格的人达5万人之多。然而有一次我访问该流派东京支部时，其负责人这样对我说：

“你千万不要上那种二流教授的当呀。”

我对这句话颇为惊讶。我不知道，她这是亲切地提醒我注意呢，还是对你学不学抱满不在乎的态度呢，或这是大流派所固有的自负？

后来，我终于意识到，她的话恰恰是一种告白：本流派的教授相当多是粗制滥造的。

“一个流派负责人漫不经心地说出这样的话，这大概是处于隆盛期的千长寺家元及流派本身的弱点吧。也是这种艺道过于加速金钱本位的企业化之反映吧。”

“但是，据说，这二代家元之前的千长寺流派的家元，是个贫困又清高的人。他曾经好像为了躲避债务，而逃到东京朋友处去，如果说现在的家元为了怕过其祖父那样贫乏的生活．而借大众化之名，拼命将茶道企业化，那是值得同情的。可是大可不必吹嘘自己拥有‘几百年’的传统。其实，他们倒不如去经营不动产，赚大钱为好。

“最后，我要向读者进一言。我认为不仅是茶道，日本所有的艺道，都是‘奉承文化’之巢。谁要想学习这种‘文化’，可进到艺道界修业，这样就能掌握恶言、中伤、诽谤以及纵情方面的本领……”

夏木伸女士的舌锋好像要吐出火似的，这样攻击道。

鹬泽珠荣最近发现来采访家元制的记者比以往要多。这些记者都摆出一副非攻击一番家元制否则就不足以维护社会正义的面孔，令珠荣无法对付。

“在这种情况下，对权田原父女可不能轻举妄动了。”

珠荣不安地叹息道。

在自己赖以生存的家元制处于危急关头，和权田原家干架，打笔墨战已变得次要了……

“我想利用新闻报道界，反而给他们提供了攻击自己的炮弹了……”

珠荣采取静观态度。

不仅珠荣，权田原家在这种情况下也不敢轻举妄动。他们对珠荣的匿名文章保持沉默。

“对方正静静准备。看来，近阶段，我不采取行动，对方也不会采取行动的，双方仅仅是怒目相视而已。”

珠荣苦笑道。

3

不久，权田原立泉果然向珠荣提出“休战”建议。

作为使者来到鹬泽家的是权田原的高足，一个姓矢岛的年岁较大的男人。接待他的当然是珠荣。

“在家元制遭到如此攻击之际，家元担心我们之间的争执会造成双方都难以收拾的被动局面。因此建议我们能平心静气她坐下来谈一谈。地点选在什么地方都可以，如果您方便，能劳您到敝会馆，我们则不胜荣幸了。”

矢岛以略高的声调“致辞”道。

果然是立泉的提案。虽说是会见的地点在什么地方都可以，但还想叫珠荣去他的会馆。珠荣并不拘于会见的地点在哪一方，她认为在这方面表现傲慢是可笑的。

“好的，我去贵会馆好了。我不像立泉先生那样摆架子。”

珠荣戏弄似地望着矢岛。其神情是说，再没有比暴发户更爱面子的了。

翌日下午，珠荣驱车很快来到涩谷的权田原会馆。在四周缀着紫色的陶瓷砖的钢筋水泥四层楼旁，又在动工盖一个五层楼的第二会馆，以此来显示权田原流派的人多势大。

一个面目可怖的上身长下身短的女秘书把珠荣领到二层的会长办公室。

会长办公室的墙壁是淡绿色的，所有的装饰都很协调。这间常有爱挑剔的著名建筑家、美术家、摄影家、室内设计家们出入的房间，一点也感觉不到主人在世田谷住宅所表现出来的那种拜金的爱好。尤其墙上挂着米勒的画，与整个空间的气氛完美地融合在一起。

立泉坐在欧式的大型办公桌旁，抽着雪茄。见到珠荣走进办公室，立刻站起来，勉强地在金鱼眼睛外戴着龟甲框的眼镜的脸上挤出笑容，迎上去。

“有荣远驾，不胜惶恐，以前，在电视上见到您时，我就想在什么时候见见您，谁知因这特殊的事，现在我们见面了。”

他讨好地喋喋不休道。

“请免去客套话吧，我可不饶你呀。”

珠荣打断对方的话。

她的眼睛里闪亮着一种美丽的挑战的光。

“您真厉害啊。我不是已经提出休战的建议了吗?”

立泉苦笑道。这位世界有名的花道巨匠，眼角和唇边泛起卑贱的笑。

“我本想拒绝来，以免使你产生误会，但还是来了，目的是为了在休战谈判中提出条件。”

“那当然，既然是谈判，双方都可以提出条件。”

立泉依然是一副可亲而又卑怯的神情。

“这次您暗中写匿名文章，对我进行恶意中伤，给我们造成多大麻烦。应该说争吵是您先挑起来的，而且您采用的又是卑劣的手段。我要追究您的责任，所就应该由我来提条件。那就是让您的女儿马上停止和桧垣保辅的来往。”

珠荣以强烈的语气道。虽然她已打消把保辅召为女婿的念头，但也决不让立泉之女与保辅结婚。由于立泉，女儿竟抛弃自己出走，这是多么悲惨的事啊。这样一想，一种强烈的赌气的思想使她不能容忍立泉父女达到目的。

“好的……我接受您的条件。”立泉稍稍生气地道，“但是，我们必须就停止‘交战’达成协议。”

从他语气中听出，珠荣的匿名文章也给立泉父女造成相当大的痛苦。

“总之，”立泉接着道，“目前，有些人正利用报刊等疯狂攻击家元制，在这时候，我们相互攻击，揭短，会给他们提供打击我们的材料。我们应该立即停止这种蠢事。当务之急，不管是舞蹈界，还是花道界，大家都要保护家元制，不仅我们要休战，而且还要团结所有的家元，难道不是这样吗？”

立泉一会儿瞪起，一会儿眯着他那金鱼式的凸眼，表演其拿手的演技，一边说道。

“嗯，这是当然的事。”

珠荣以随便的口气回答，令对方泄气。她心想，在这样的时候，高谈如此简单的道理，有什么用呢？

“我原来就知道您是通情达理的明白之人。”立泉松了一口气似地道，“实际上，我作为花道界的负责人，因为匿名文章——不管文章出自何人之手——而处于尴尬不堪的境地。老实告诉您吧，我遭到其他流派的攻击了。”

立泉以真诚坦率的口气，低头说道。

看来，那篇文章没有白写。珠荣情不自禁地微笑了。接着又穷追不舍似地补充说：

“您所说的我都知道。但我难以断言，不会再出现新的匿名文章。因为我是不会轻饶过躲在阴暗角落里放冷箭的人的。”

“鹬泽流派家元的夫人，比传闻的可厉害呀。”

立泉感叹道。

“所以，我请您回答您能否答应我刚才提出的条件。在您看来，我这种固执是愚蠢的，可是作为一个女人，在这扬斗争中我下了最大的赌注。您大概听您女儿说过，我是无论如何也不能轻易地让出桧垣保辅这个年轻人的。”

她把目光的焦点对准立泉的凸眼。

“是呀。我们两人的女婿都未必非选桧垣家的儿子不可。”

立泉说着，伸手从放在桌上的一个很典雅的烟盒中抽出一支雪茄，点上火。随即好像再也没有必要谈保辅的事似的，改变话题道：

“我的长子是一个耿直的人，现在是一家一流公司的职员。可是，如同要中一个一千万元的彩票一样，将来，当公司的重要负责人的可能性极小。所以我打算把我的一个分公司，也就是权田原流的子公司交给他。”

“您为什么对我讲这些?”

珠荣不知道对方的意图，面露出焦急的神情。

“失礼了。我谈个人的事，耽误了您的时间，不过，请您耐心地听下去。”

立泉微笑着说。他无视珠荣似地，继续讲道：

“……实际上，我计划在夏威夷海岸建造一座大饭店。夏威夷是权田原流派一个有实力的支部的所在地，那里的海很美，令人神往。去那里观光的日本人逐年激增，经营饭店定能赢利……当然，那饭店也作为我流派的夏威夷支部办事处……美国是学花道人数最多的外国，我还想在其美籍日本人最多的旧金山或洛杉矶，建造一个权田原会馆兼饭店。您或许会笑我这是纸上谈兵，其实，我是为推动花道的国际化，也为赚钱，而认真推行的一项计划，我是决心非使之成功不可的。”

珠荣内心不禁对立泉这个与其是为了发展花道，倒不如说是为赚大钱的计划而感叹了。

“野心如此之大，真令我望尘莫及了。”

她内心说道。突然，她又想起立泉的吝啬之为。那就是他和利用流派展览会，让取得师范资格的弟子以家元的名义展览他们的作品，其目的是向她们出卖家元的名字，然后索取高额的“名义租借费”。据说该流派有的展览会，几乎都是家元的代表作品。

“这家伙不仅从弟子索取‘出品费’，还索取‘名义租借费’，这是双重盘剥。说我们舞蹈界如何算计弟子，可是还没有见过哪一个家元像立泉这样巧立名目剥削弟子的呢。”

珠荣望着这位获法国最高荣誉奖的所谓世界一流艺术家。一想到他把剥削来的这一点一滴钱积累起来，将在夏威夷和洛杉矶建造大型饭店时，不禁感到一阵目眩。

“……我有一个想法，我将把饭店交给长子启一郎经营。当然，让波子继承家元。如果这两个轮运转得顺利，权田原家将永久兴旺发达。”

立泉停了一口气，转动着大眼睛望着珠荣。

“我现在突然产生了一个想法，说出来令您吃惊，那就是请您把您那位不继承家元的小姐，嫁给我的儿子启一郎。”

“……您是说……也用我的女儿的嫁妆，不用鹬泽流派的钱，来经营你们的饭店吗?”

珠荣终于明白，立泉找她滔滔而淡的用心所在了。什么“突然产生了一个想法”纯粹是骗人的鬼话。珠荣几乎相信立泉是为了谈这件事才把自己叫出来的。

立泉听罢，以满不在乎的口气道，

“的确，您说对了。我不否认看上了您鹂泽流派的财富。但是，我之所以提出这种建议，是为了我们两家。两家和解，携手联姻，那我们无所畏惧了，而且有无限的发展前途。”

“和解？我看是一种彻头彻尾的交易吧？”

珠荣叫道。

“是的，也可以说是交易。交易不也可以吗？”

“我不反对合乎情理的交易，但要看对方是谁，对方是您，我就不能疏忽大意了。”

珠荣又挖苦道。

“我实在没法和您商量。因为那件事，我完全失去了您的信任了。不过不必勉强，有关两家联姻事，我也为自己贸然提出感到吃惊。不打不成交，我希望我们和解，希望您回家后和家元好好考虑、商量一下。”

立泉闪动着大眼睛，慢条斯理地说。

“那么，桧垣的事，怎么样？”

珠荣执拗地问。

“刚才我好像表示了态度，我女儿未必非嫁他不可，再说她也并不爱他。”

立泉哈哈地笑道。

不知是立泉向外暗示了一下，还是按了一下桌下的铃，这时候丑秘书轻手轻脚地走进来，像侍候王爷的奴隶似地对立泉道：

“先生，您外出的时间到了。”

立泉点了点头。望着珠荣，笑道：

“今天太感谢了。因为让我讲出了心里话。”

这意味着结束了两家的“休战会谈”。鹬泽珠荣感到被一个完全与丈夫不一样的怪物捉弄了似地，离开了权田原会馆。

回到家，千加的眼睛里闪着亮光，跑过来对珠荣道：

“母亲，知道了，知道了亚子姐姐的住处！”

珠荣呆呆地望着千加那少女纯真的圆脸。

“他在小舅舅住所。”

“究竟是什么地方？”

珠荣终于以嘶哑的声音喊了出来。

“好像是在哪条街上的普通公寓。小舅舅不告诉我，说等过一个阶段再说。”

“是打来的电话吗？谁打来的？”

“是小舅舅。”

“那么亚子怎么样？她还好吗？”

“说是很好，比在家的时候还好。”

“他为什么不告诉你他在什么地点啊？”

稍微平静后，珠荣嘟囔道。

“这还用说。她不愿您把她领回来嘛。”

千加叫道。

“……”

珠荣以悲怆的目光注视着千加。她感到一阵恐怖。难道千加也知道自己的所作所为吗？”

“小舅舅说，他还会给我们打电话的。具体的事，您可以问他。您放心好了，姐姐很了不起，她干出了自己想干的事。”

千加说毕，就像觉得自己不如姐姐出息而愤怒似的，满腔不高兴地回到屋子。

在等待透再来电话时，珠荣心情怎么也平静不下来。照理说，亚子无论住什么公寓，反正住在实则自己的同母兄弟的透那里，应该放心才对，可是不知为什么自己心里忐忑不安。

为什么透这么长时间不联系？亚子和透并不亲密，且在透离开日本的这几年中，从不和他联系，可是，为什么现在去找他呢？大概想逃往美国吧……在这以前听父亲讲，透经常到各地旅行，那么亚子和透是如何联系的呢？

疑团在珠荣脑海里翻腾。

富重透终于在晚7时打来了电话。透重复白天对千加所说的话。有关他的住处，他说，由于他经常在全国各地跑，为了不给富重家添麻烦，他在东京租了3个月的单元式公寓房。

“现在的住处，由于亚子的原因，希望您在一段时间内不要打听。”

透以较为强烈的口气，对珠荣说道。

“亚子究竟是什么时候跑到你那儿去的？”

珠荣焦躁地问。

“大概3个星期了。”

“这么说，她离开家，马上就去你那里了？可是你为什么一直瞒着我们？”珠荣发怒了，“请你设身处地地为我想想，我都快要急死了。”

“我是本想早一点儿告诉你们的，可是亚子死死地要求我不要和你们联系，以后由她自己对你们说。再说，我经常不在东京。”

“你也太冷酷了。你如果稍微考虑一下一个母亲的心情，就可以悄悄通知我了。”

珠荣发牢骚道。

“但是……她是因为讨厌自己的母亲而逃出来的。”

透的声音稍带尖刻。

“可是……”珠荣见自己的话丝毫不起作用，有些张皇失措地问，“亚子怎么知道你住的地方呢?”

“就是我回国时住在你们家的时候。离开时，她对我说，她有要事和我商量。当时，她表情那么认真。所以，待我租了房子后，想起她说的话，就给她打了电话。”

透若无其事地说。

“求你把她带回来，求你了。”

珠荣紧抱着话筒哀求。她自己也感到自己的声音在颤抖。

“您也不能太勉强，那样反而把事情弄糟。这一点您应该知道啊。”

透重重地回答。

“那么，亚子什么时候回来呢?”

“这要看她了。她内心伤痕太大，有可能一辈子都愈合不了。”

透忧虑地回答。

“不要威胁我！亚子会理解我的心情的。”

珠荣难过地道。

“我也希望如此。”

透的语气冷淡。

“透，难道你真想把她带到美国去吗?”

珠荣声音近乎喊叫。

“如果亚子非去不可的话……”

“不行!”珠荣十分害怕，“那样的话，她连让我辩解的机会都不给我了。”

“不，我想，也许带她去美国是医治她伤痕的最好办法。请您冷静考虑。我现在能说的仅仅是这些……今天就谈到这里吧。”

透的声音变得更加冷漠，更加遥远。

4

富重透所住的地方，实际在离鹳泽家不远的目黑区权之助坡内。这是一个公寓出租的7层的单元房，有两间分别是6叠和4叠半的屋子，并配有厨房和浴室。房子原本是透过去的摄影学校高年级同学的工作室，这次，那位同学去欧洲出差半年，透就和这同学签了3个月借房的合同。房租很低，同学也有请他代为管理房子之意。

透是在东京工作时接到亚子的电话的。随后亚子即赶了来。

她脸色有点发青，但表情比在鹳泽家见到时显得轻松。

“你怎么啦?”

透望着既是妹妹又是外甥女的亚子问。

“我从家里跑出来了，想住在您这里一段时间，可以吗?”

亚子语调坚定，说毕，直望着透。

“上次见到你时，我就看出来你有什么事，想问，但又作罢……那就住下来吧。”

透以安慰的语气道。

“您真好……您不需要我说明什么原因，就答应留下我。”

亚子高兴地跳了起来。

“从家里跑出来，那肯定有相当不快的事了，既然如此，就不必说明了。”

透答道。他瘦削的络腮胡脸上有点羞涩的笑。

“可是，我还是愿意把话讲出来，这样心情或许能平静一些。”

于是亚子一五一十地把离家的理由告诉了透。

透低着头，静静地听着。等亚子讲完了后。他仍久久地沉默着。之后，他点上一支烟，深深地吸着。

“……她也是一个可悲的人啊。她为什么如此热衷于权欲?

她为什么那么烦躁？这大概连她自己也不理解吧。她真像一只急于扑火的飞蛾。”

透的语调带着的与其说是愤怒，不如说是怜悯。

“真是太可怕了。继续和她生活在一起，我说不定什么时候会自杀的。”

亚子显出一种怯懦的表情。这使她20岁的端庄文静的脸显得更加美丽。

“怯懦反而使美丽的姑娘变得更加美丽。”

透的摄影家的目光像发现了一个秘密似地，内心说道。

“她还是一个母亲呢。女人们，为什么成了母亲之后，反而这样地丑陋肤浅呢。”

亚子悲痛地道，但声音微弱。

“是呀。一个女人为了满足自己的欲望，甚至不惜牺牲自己的女儿。作为这女人本身，可能了不起，但对其女儿来说，这样的母亲未免太可怕了。”

透附和亚子似地，以平静的语调道。

其实，从听亚子讲话时起，透就从珠荣的残忍的行为中，想到自己的母亲。内心不禁感到一阵激烈不安。他装作平静的样子，发表了客观的意见。

为什么我的亲生母亲和同父异母的姐姐。生活方式如出一辙呢？从小对女人就抱漠然态度的透，再次感到女人的恐怖，他深深地感到迷惘。

“我再也不回到那个家了，请您把我带到美国去吧。让我协助您干什么都可以。”

亚子声音突然变得柔和了。

“其实，您不是我的亲哥哥吗?！哥哥照顾自己的妹妹，也是理所当然的啊。”

透惊讶地望着亚子。亚子微笑着，她的眼睛充满着撒娇，柔顺，胆怯。透想起了在鹬泽家见到亚子的情景，当时，她的目光也是这样。当时，她已经知道了我是她的兄长，她的眼光充满着对“兄长”的亲切感和迷惘。

“是的，我早知道了你是我的同父异母的哥哥，是被母亲，不，是被那个人赶出家门的一个寄宿女弟子告诉我的。那是在你回来的前两个月。”

“你听了以后，大吃一惊吧?”

“是的。不过，我马上就转惊为喜，我有个亲哥哥，以后，有什么在家不好说的事，都可以和他商量……但是，不知为什么，我感到难为情，所以保持沉默到现在。再说，我担心哥哥还不知道这个秘密，我说出来，是很莽撞的，所以我忍耐着。”

“可是现在忍不住了?”

透望着亚子笑道。他的眼睛和亚子一样闪着明朗的光。

“刚才，我抱着豁出去也要把这个秘密讲出来的决心。我想，如果你不知道，我就单刀直入地告诉你这事。”

“也就是想把我们拉到兄妹关系上，是吗?”

“是的，比起舅舅来，哥哥更亲切嘛。”

亚子笑着回答。

5

鹬泽珠荣嘲笑了权田原立泉要联姻的建议，可是有一天，突然又想到他的建议时，不禁一惊。

她不得不承认，尽管口头上说，“谁上那家伙的当，”可是这建议对她有极大的吸引力。

日本舞蹈界，花道界的这两大流派的家元，携手联姻，然后，以两家三财力物力在夏威夷和美国本土上经营大型饭店……再说，两大家族结合起来，其莫大财力和百万名以上的弟子，将成为左右政界、财界的一大势力。这难道不是自己梦寐以求的吗？

珠荣是毫不相信狡猾而又野心勃勃的立泉的。但强烈的欲望又使她内心对立泉的建议欲罢难休。

“如果同意他的建议的话，这次大概没问题。千加听我的话，丈夫一切事情都听其自然……”当她想到这里时，内心又道：不行不行，和这种家伙打交道，而且是联姻，太危险了。

她内心反反复复地思量着。在这种情况下，她自然就至少严守“休战会谈”的约定，不可能对权田原父女发动攻击了。

可是，就在“休战会谈”之后一星期左右三月末的一天，鹬泽珠荣从静冈开鹬泽流温习会回家后，看到“艺能新闻”上的一条消息时，不禁惊讶得说不出话来。

“日钢联合企业总帅桧垣保三郎氏的令郎桧垣保辅（28岁）和花道界头号实力者、国际艺术家权田原立泉的令媛波子定于今秋佳日举行婚礼。昨晚5时，双方于东方饭店‘孔雀之间’举行盛大宴会，发表婚约。中外名流300余人应邀出席宴会。”

报道文章下，还刊登了豪华宴会的照片。看得出桧垣父子和权田原父女个个喜气洋洋。心满意足。此外，还发表了他们的谈话。

“我上当了！”

珠荣情不自禁地呻吟道。

双方会谈时，权田原提出休战，煞有介事地提出两家联姻，共同联营饭店。现在看来，这是缓兵之计，使他得以在无阻力的情况下、闪电式地发表婚约。什么联姻、什么经营饭店，都是骗人的鬼话。

“多么卑劣的家伙呀。”

珠荣骂道。但此时只能是发泄一下愤怒，已无济于事了。

她为自己被立泉这么单纯的策略所欺骗而悔恨。

“这家伙竟撒弥天大谎，说什么‘我女儿未必非嫁他不可’，还说，他女儿不爱保辅。我被他骗了。”

珠荣悔恨得直跺脚。她知道现在反击也为时已晚。可以考虑揭发权田原流派有莫大的不正当收入，但要做到这一点，必须派遣优秀的“特务”打入该流派之中去。这是很困难的事。搞不好，被对方发觉，鹬泽流派的规模虽小但以同样手段获取的不正当收入的秘密被揭露出来，结果是偷鸡不成蚀把米。

“究竟采取什么手段，才能给他们以狠狠的打击?”

珠荣的眼睛里闪着强烈的愤怒的光，喃喃自语。

就在珠荣内心受到强烈冲击那一天，鹬泽贞寿被告知自己的夙愿即将实现。

中午外出的贞寿难得在傍晚之前就回家。他今天没去哪一位女弟子家。他马上把珠荣叫到自己的卧室，虽然竭力装出平静的样子，但仍情不自禁地提高声音道：

“今天见到了艺术院院长。他说，我今年有百分之九十九点九的可能性当选艺术院会员。院长是一个言谈极为慎重的人。看来，我要成为有极高荣誉的名副其实的艺术家了。”

“太好了，向您祝贺。这样，您青出于蓝胜于蓝，超过了您父亲了。”

珠荣从内心祝福道。

“是的，父亲大概会在九泉之下叹息呢。说不定今晚要出现呢。”

贞寿得意地说。珠荣从他的话语中听出了他长期以来从内心对父亲的憎恨。

“有好长时间没在家喝酒了。今晚就喝一点。你最近也很忙呀，今晚就陪我喝吧。”

贞寿愉快地笑道。年老反而越来越显得英俊的脸，今天因为平生夙愿即将实现而显得温和了。但是，女儿的出走等等这样的事件对他有什么影响，在外表一点儿也看不出来。

这个人，不管家中发生天大的事，只要不是火烧到他身上，他总能装出无动于衷的。即便家庭濒临解体的危险。

如果当上艺术院会员，那更把自己与周围的所有一切隔离开，把自己关在自己一个人的内心世界中。他真是这个世界上一个大怪物呀。

珠荣这样想道。

这天夜里，贞寿喝了一点酒后，和颜悦色，话也比平常多了。但他始终未提亚子的名字，对造成亚子出走的珠荣，一句谴责的话也没有。对离开自己的人，哪怕是自己的女儿，他也将之视为陌路。

珠荣又一次感受到丈夫这可怕的一面。

酒毕，贞寿同妻子走进卧室，有相当长的时间，他没有和妻子同床共寝了。

这是3月末的一个夜里，天气还比较冷，他让珠荣脱去衣服，像以往那样用柔软的手开始抚摸40岁的妻子那仍富有弹性的肉体……

贞寿平时和女人共寝时，为了消除老人的体臭，总要洒些法国古龙香水，而且决不脱去睡衣。珠荣嗅到这种混合着汗味的香水味，兴奋起来，曾要求丈夫脱去睡衣，但贞寿绝不脱。

“男人的躯体，尤其是老人的躯体，只有穿着舞蹈服跳舞时，才能表演出潇洒来。”

这晚贞寿的爱抚十分执拗。令珠荣难以想象这是个62岁的老人。但在最后一刻时他不行了，可能因为他在别的女人身上过分耗费了精力，或许他因为毕竟是年老而真的不行了。因为失败，贞寿不禁长叹了一声。

“艺术院会员的称号，并不能使他的身体变得出色呀。恐怕艺术院会员该佩戴的是‘不能者’的勋章”。

珠荣内心讽刺丈夫。“他要是就这样死去的话……”她脑海里突然闪过这种念头。她感到愕然，难道自己真的希望丈夫死去吗？这是令她感到可怕的事。“我或许真的从内心里希望他死去。这种想法是新鲜的，有吸引力，但承认这种想法，却是可怕的。”

终于贞寿离开了妻子，英俊的脸上闪着脂汗，显得疲惫。他踉踉跄跄走到自己床上，钻进了被铺。

珠荣好像被甩到那里，感到一阵孤独。这时贞寿喘着气，轻声道：

“看出来，你也毕竟上了年纪，要注意保养身体呀！”

对珠荣来说，这是多么残酷的告诫。

权田原立泉被东京国税局揭发，他犯有偷税罪，偷税的收入额高达 7 亿日元。几日后，此事传出，舆论大哗。

据报纸和电视台报道，东京国税局早就对立泉身边和其流派本部进行暗中调查，掌握其偷税的可靠证据。

立泉被传唤，第一天被讯问了 5 个钟头。

全国有 550 位税收检察官，其中 200 多位被动员参加这个偷税案件的搜查。立泉在世田谷的私人住宅，其流派本部等 17 个场所被搜查。

被称为花道界的法皇的立泉，其财产在文学、艺术、体育界人士中是最多的。通过调查，在短短的 3 年，他隐瞒近 7 亿多日元的收入，主要采取欺骗和蒙混手段少报大量的学费收入。立泉将大量不正当收入或存入假名定期账户，或换成贵重金属宝石，甚至购买富士五湖畔的豪华别墅。

这种作法是搞不动产的暴发户的所为，为一般国际著名艺术家所不屑。以至担当的检察官对之无不感到又恼又可笑。其中一位检察官愤怒地说：

“权田原立泉的偷税行为是有计划、有目的，也是最卑劣的。这种盘踞在封建家元制之位者的偷税，不啻为对毫不含糊的要纳税的拿工资者的愚弄，也是对全体国民的愚弄。在美国，偷税者一旦被揭发，将会完全失去社会的信用而一蹶不起。因而在那里，偷税被认为是‘通往地狱的道路’，而在日本，对偷税者太客气了。”

还令人惊讶的是，两年前，立泉一边在于犯罪勾当，一边却恬不知耻地在与国税局的干部进行的电台对谈中讲道：

“花道，如今正在国民中普及，这是国泰民安的一个标志。今后，我将竭尽全力，通过花道造福于国民。这几年，我的收入是越来越多，但我一定要缴纳税金的。”

当人们回忆起他的骗人的鬼话时，更为气愤。

就这样，在事业上一帆风顺的权田原立泉栽了跟头。这是利欲熏心、厚颜无耻者的下场。

就在前不久的报纸上，还登载了有关豪华的订婚宴会的报道，曾几何时，却落得如此可悲的下场。

权田原流派的没落令珠荣心中暗自高兴。

“终归是我胜利了。这样，我也不必派特务打到他内部去了。要知道那是多么棘手的事。”

但她毫无陶醉感，更无得意的心情，因为她颇担心，国税局有可能在今后将锐利的目光转向自己呢。

“但是，舞蹈界比起花道界，其内情不易为人所知，收入之途径更为复杂、暧昧，譬如祝仪这一项收入究竟有多少，谁也难以掌握。”

珠荣这样安慰丈夫道。贞寿稍露些不安的神情。

在权田原立泉遭受偷税事件打击后，鹂泽珠荣又变得精神焕发了。她的身体黑猫似的苗条、柔软、富有弹性，经过精心打扮，又飘荡着无穷魅力。她又开始接近政界、财界的实力者。在与权田原立泉打笔墨战中被揭发出来的丑闻，丝毫没有在她的自然表情上留下痕迹。她对一切耻辱满不在乎，反而似乎被“耻辱”的营养液滋养得更加妖艳和容光焕发。这就像她对波子说的那样，丑闻反而使女人更加有魅力。而且，由于她举止大方，堂堂正正，使人们对其丑闻半信半疑。

珠荣想办法找门路进出政界、财界名人的宴会或招待会，在会上表演舞蹈，会毕，又陪客人们去银座、赤阪玩。政界、财界的不少大亨、政客，都是精力充沛的好色之徒，不隐瞒情感者意外之多，这些人是颇容易接近的。

但珠荣并无意在他们之中物色伙伴。她卖弄风骚、献媚态，都在限度之中，只与这些人保持在一定的一般亲密程度，丈夫说过，策略是策略，性归性，二者各有其乐，不能混淆。她是听从丈夫的这个说教的。她与政界、财界的实力者接近，目的明确；一心一意地在他们的弟子中为千加选婿。

“我定把鹂泽流派变成日本最有势力的流派。”

她的这种信念使她失去了保辅，失去了亚子，吃了大亏。虽则如此，她的追求变得更加执拗。她的内心仿佛是一只张牙舞爪的母豹。

现在，她看上了前外务大臣大友定行参议员家。大友定行的女儿品子是鹂泽流派的女弟子，定行本人是鹂泽流派后援会的会长。大友定行除女儿品子以外，还有三个年纪分别为 24、25、27 岁的儿子，大概能选择其中一个为千加的未来的丈夫。

“大友先生虽然并不是太有钱的人，但他曾任外务大臣，有荣耀的经历，最近有可能在内阁改选中再次入阁。”

珠荣探听到内部情报后，内心暗自高兴。为此，一方面，她计划通过大友品子接触她的几个兄弟，另一方面，在保守党干事长 60 岁寿辰的招待会上，见到大友参议员，很直率地说道：

“我现在正在为女儿物色对象，您看有合适的人吗?”

说着，她故意地把鹳泽流派年间收入超过 1 亿日元等等，委婉地做了介绍。

“怎么，舞蹈家元的收入这么高呀。最近的政治家都拼命捞钱，但也比不过你们呀。”

这位牙齿突出外表像狐狸的参议员温和地笑羞。过去，看到自己的丑女儿在舞台上换了一个人似地变得漂亮时，曾大声喊道：“100 万元值得”的大友，三角眼里闪过一丝若有所动的光。

“看来，有希望……这次要紧紧抓住良机。”

珠荣想道。为了使千加不成为亚子第二，她内心发誓，绝不能和大友的儿子发生那种可笑的关系。

所以，珠荣需要物色新的情人。但是，那必须是合适的人。从她的性格看，死灰复燃的关系是不可思议的。与她断绝的关系的男人，在她心中已经死去。

当然，有不少男人迷上珠荣，其中不乏拼命追求她的人，但珠荣不是任凭男人选择她，而是由她来选择男人。遗憾的是。在围绕着她的男人中，没有一个她看得上的。

“这样，我将在一个较长时间，缺少男人陪伴……”

她内心烦躁地自言自语道。